文化生活叢書·出版可樂吧

古亭六號出口，右轉

——2022／2023 萬卷樓暑期實習「稿」什麼

總 策 劃 梁錦興、張晏瑞
主 　 編 林婉菁、許庭鈿

主編序：登樓有感

林婉菁

國立臺灣師範大學國文學系

萬卷樓圖書公司學術編輯

萬卷樓圖書公司成立已逾三十年，專營文史哲學術圖書的進出口出版與銷售，往來的客戶多是該領域的專業學者。堅持「發揚中華文化、普及文史知識、輔助國文教學」的核心價值，持續出版、引進專業好書。同時，也積極參與產學合作，與各大專院校的中文相關科系合作，舉辦各式實習活動，使學生能夠在有限的時間內，親身體驗出版產業的運作。

二〇二二年九月，剛升上臺師大國文學系大四的我，選了一堂系上所開設的「出版實務產業實習」課程，即是由萬卷樓圖書公司總編輯張晏瑞老師授課，理論與實務相結合，除了一週兩小時的課堂授課外，學期間更要實習六十小時，使課程講述的概念，可以落實到實際操作。

因此，我第一次接觸到「編輯」這個工作。不過，當時的我並沒有實地進到出版社進行實習，而是選擇「任務制」

實習，成為外包人員。當學期末，課程近尾聲之際，同另外兩位任務制實習的同學，自願擔任課程成果書的主編。該書的編輯工作，直到隔年三月才開始進行。而在寒假中，我反覆思量，決定鼓起勇氣，再次聯絡晏瑞老師，詢問是否能在下學期，以工讀的身分，進入萬卷樓編輯部。即使當初我便表明，將會在當年九月前往英國交換，無法長期合作，或直接擔任正職編輯，晏瑞老師依舊給予我正面的回應。於是我在二○二三年二月底進入萬卷樓編輯部，正式參與書籍的編輯工作。

我並非正職員工，晏瑞老師卻並沒有因此懷疑我的能力，或是有所藏私。幾個月下來，我協助了中研院近代史研究所絕版書再版專案，收尾出版前任編輯遺留的四本書，且獨立擔任兩本書的責任編輯。此外，上學期的實習心得成果書《航向文字海》亦由我和其它兩位同學，於學業與工作的空檔間，正式編輯成書。編輯工作，客觀而言，是枯燥又孤獨的；主觀來說，我覺得自己是在為脆弱的人類文明留下薪火。我也享受在不趕時間的情況下，一邊校對一邊閱讀的過程；然而在書本最後的版權頁看到自己的名字，成就感難以言喻。

二○二三年七月，日頭正烈，萬卷樓再次迎來十位暑期實習生。他們來自不同學校，但共同點是都對出版業感到好奇，願意犧牲長假，日日朝九晚六來到萬卷樓編輯部打卡。

　　暑期實習的操作方式，跟學期間實習有些不太一樣的地方。學期間實習生，只須在四個月內，完成六十小時的實習；暑期實習生則一週五天都須進辦公室。在實習的過程中，晏瑞老師每週也會撥出幾個小時替暑期實習生講授相關理論課程，並迅速在實務得到驗證，包括出版企畫、出版契約書簽署、印刷技術瞭解、出版流程的安排，以及出版成本的計算等等。此外，也安排了一般的職涯訓練，如撰寫履歷、面試技巧等等，讓同學體驗真正的職場氛圍。

　　整個暑假，我與實習生的接觸，並不算頻繁，他們的工作多半由晏瑞老師安排，我則在有需要的時候，向晏瑞老師詢問一聲，是否能抽調幾個人手幫忙。偶爾見到他們緊張的表現，彷彿見到幾個月前的自己。

　　直到暑期尾聲，蟬鳴漸歇，晏瑞老師問我，敢不敢替實習生上課，擔任他們這本實習成果書的主編。我急忙點點頭，心底雀躍不已，這是對我能力的一大認可，我也希望能夠在暫離萬卷樓追求學涯之前，留下最後一樣紀念。

　　還記得半年前，一開始面對稿件與作者的手足無措，在進行每一步動作前，都要再三向前輩確認，甚至做過成書送達卻錯字連篇、版面歪斜的噩夢。而今的我，已漸漸培養出編輯的專業能力，對於書稿，依舊戰戰兢兢、如履薄冰般細緻，同時卻也能以較從容不迫的心態，面對每本書不同的狀況，並找出合宜的解決方法。能在短短的時間內，以主編的

身分，安排本書的編務，甚至還能稍微以前輩的姿態，身傳言教編輯經驗。因此，本書不只是暑期實習生的心得反思紀錄，也是我逐漸成熟的見證。

本書分作上下二編，上編：「編輯『稿』什麼？」是由二〇二二年暑期實習生編撰。下編「This is a book」則由本年度暑期實習生編撰，二者合併為本書《古亭六號出口，右轉——2022／2023 萬卷樓暑期實習「稿」什麼》，亦由實習生自行設計封面，從頭到尾，親手操刀，不假他人之手，完完整整地參與書籍的誕生，並培養在找錯字以外的「編輯意識」。

縱覽全書，每位同學的實習經驗因人而異，然同為愛書的中文／國文／台文 Z 世代，對於出版業的心態，總是有點不合時宜的浪漫，卻也必須在日趨速食的年代，調整步伐，才不會總是被稱「無用科系」與「夕陽產業」。然而，太陽落下，依舊會再次升起。

古亭站六號出口右轉，登上萬卷樓，得見翰墨雲煙，亦有冉冉朝陽。

癸卯年處暑謹誌於萬卷樓編輯部

主編序：編輯「心」體驗

許庭鋤
國立臺灣師範大學國文學系
萬卷樓圖書公司實習編輯

大三上學期，距離畢業僅剩兩年的時間，因純文科的畢業生較難找到一份妥適的工作，身旁同學皆為了未來出路而感到苦惱，對於修習教程喪失興趣的我仍對未知的路途感到迷茫，於是，我便在選課時毫不猶豫地選擇出版實務產業實習的課程，開啟一段新奇的旅程。而《古亭六號出口，右轉》便是我待在萬卷樓期間需要完成編纂的書籍，此書是以往待在萬卷樓實習的學生們所撰寫，收錄著他們在實習期間的心得和成果。

於我而言，關於書籍出版的相關事務都是非常新鮮的體驗，第一次參與校對、對紅等，也因此更加知悉了編輯工作的不易，洗刷了以往對於出版行業的印象，用更貼近真實的眼光看待這個行業。

某些早晨，是這些文字陪伴著我，即使有時因長時間盯著密集的黑字而開始打起瞌睡，我卻仍是十分感激這些文

字的相伴，才使我在靜謐的空間之中處理事務時不會感到孤獨；某些時刻，讀到一些文字娟秀的文章時，我會驚嘆於作者的文筆和巧思，並對於同一主題下的各種寫作手法感到新鮮有趣。同時，因為正在編纂的書籍為實習生們的心得成果書，我也能從他人的經驗文字中更加理解、體會出版社的運作模式，且能自他們所遇到的錯誤中學習，這樣一來，往後便較不會犯同樣的錯誤，也算是一種警醒和提示吧。

這本書中，藏有實習生們對未來的躊躇、對出版社的好奇，字裡行間夾雜著各種複雜情緒，除了記錄他們當時的感想，亦使我開始反思自己是否真正適合編輯這份工作，而答案是肯定的，因此這本書不僅是實習生們的成長紀錄，同時也是我努力前行的證明。

最後，謝謝總編輯張晏瑞老師對我的信任及肯定，使我能完整參與這本書的校對、對紅、版權頁撰寫、封面討論以及印刷相關事宜；也要謝謝以郲編輯，在我對於出版相關事宜困惑時，協助解決種種問題。

若你對編輯有著夢想、若你仍在徬徨，閱讀此書，一定能為猶豫不決的你尋覓到正確方向！

許庭鈖

二○二三年十二月十三日誌於萬卷樓

目錄

（各篇依姓氏筆畫排序）

上編

編輯「稿」什麼？
——二○二二萬卷樓暑期活動心體驗

編著者

田芷瑄　李嘉欣　林育暄　林姿君　許倩蓉　陳宣伊

陳思霈　曾靖舜　劉康義　蔡侑珊　謝安瑜

菜鳥實習生的飛行旅程

田芷瑄
元智大學中國語文學系

一　前言

最初只是因為鍾怡雯教授開設了一堂專案實習的課程，而我抱持著一種對未來的迷茫感，索性就選了這堂課程，想來看看文組的出路會是怎麼樣的。

原本想著出版社實習內容應該和電視劇差不了多少，我便在眾多出版社公司中抓住了萬卷樓這個選項。一開始被「萬卷樓」這名稱吸引，萬卷、萬卷，不自覺聯想到「讀萬卷書，不如行萬里路」這句話，而現在不就是行萬里路的最佳機會嗎？於是我毅然決然踏入成為萬卷樓實習生的道路上。

二　開端——初遇萬卷樓

到了八月一號這天，懷著一顆激動的心來到了萬卷樓所在處。在踏出電梯那刻，看見六樓的門口，心中想著這就是將

來一個月所要工作的地方。沒想到到了六樓拜見梁先生後，我們就像小雞仔般被領到九樓。原來萬卷樓的運營方式分成六樓為業務部、出口部，九樓則為編輯部，而此次實習多為編輯部的事務，因此我們便被帶去了九樓的編輯部。

當我們進入編輯部後，此次實習帶領我們的晏瑞老師便告訴我們，要透過幫大家訂飲料做自我介紹。一開始可能還會覺得好差恥、好尷尬，但是後面因為大家重複向眾人自我介紹而感到麻木，便放開說了。且後來才發現在自我介紹中，每個人去認識他人的方式最簡單扼要的便是個人專長。想讓人清楚知道你是誰，不如介紹自己擁有什麼特長，會使得別人更容易記住自己。這也是職場和學校不一樣的一面！

三　過程——實習事務一探究竟

（一）孫廣海老師文稿——如何進行稿件整理分類

當感覺慢慢適應環境後，便收到第一份工作：負責分類、整理來自香港的作家孫廣海為他的老師王韶生著作統整的文稿。雖然起初聽欣安姊及晏瑞老師說，我們的工作就只是將原稿分成標題的目錄，並將內文收集到後面做成輯錄，但也足足花了半天時間理解再加以實作。

當個人部分完成後，便要將我與倩蓉、姿君三人整理好的文章再次打亂，並進行二次檢查整理。在透過彼此互相交

換檔案，才發現每個人整理好的文檔真的都不一致。一份完整的文章應該要呈現相同的格式、模樣，為此我們與欣安姊確定好統一格式，並開始著手於第二次整理文章。

而過了幾天後，分類、整理文章終於進入尾聲了，實在讓我倍感欣喜！在這之中也感謝欣安姊與晏瑞老師不厭其煩地在我有疑問時提供解答，也讓我從前只覺得書就是作者將自己的內容寫好給出版社，然後編輯負責校對，最多也就可能是格式要修正罷了的想法就此消失。沒想到一本書的背後其實是要和作者反覆確認版型、內容、內文順序等等，更甚至於是我們要大改特改其中內容所呈現的方式，完全刷新我對書本產生的認知。

（二）倉庫與出口部——進出口書籍的奧妙

當我們收到要外派到位在三峽的倉庫時，晏瑞老師讓我們想像倉庫的樣貌。在我的想像中，出版社的倉庫可能會有一堆尚未裝箱、零散的書籍和一箱又一箱裝好的書，可能會有層架之類的堆放著等等。而真的抵達現場後，發現真的和想像中沒什麼落差，唯一的差別可能就是書籍和層架的數量成倍又成倍的堆放。難以想像這只是一座倉庫的庫存，那若是別間出版社的倉庫豈不是庫存書目更多了？

接著便開始在倉庫出貨、理貨、裝箱的一天。而在碩大的倉庫中，我與宣伊需要透過阿標給予的書單對比書籍位置指

示圖來找到我們需要的書籍，再將書籍進行擦拭、整理，最終清點數量才會裝箱打包。

這些動作看似簡單，但實際操作卻是問題連連。有些可能是書況不佳，要進行換書；有的是數目與清單上不符，要進一步確認是少拿到書，還是沒書；還有出現重複作業的產生，只能懊悔自己沒有確認清楚書籍的種類。此時就得感謝向大哥及阿標的幫助，讓我們發現到自己的問題點並去改善它。在過程中也發現一些疑問並得到解惑。如：我們之所以要清潔書籍上的標籤，除了是因為要賣給別人需要美觀以外，還有部分原因是要分辨這些標籤是書籍自身有的國際條碼或是其他書店的條碼。此外，向大哥還有提到一開始書籍是沒有國際條碼的，只有 ISBN，是現在才慢慢變成出版書籍都會加上國際條碼的情況。

當我們回到古亭後，便收到通知有大陸的書籍進貨了，幫忙拆箱卸貨並整理書籍的去向，於是我與宣伊便前去幫忙。而在拆箱時也讓我聯想到前幾日在倉庫進行的封箱作業，不自覺地觀察起箱子內的書籍擺放，發現真的與晏瑞老師提及過的方式相同：書籍通常為平放，即便有空隙塞書直放，也必須是以書背朝下的方式擺放，這是為了避免書籍在運送過程中被擠壓變形的緣故。

隨後，我們一邊拆箱，而宣伊她們也一邊將書分類歸位好：有的書籍是臺大的、有的是語言所的、有的是萬卷樓自己

訂購的等等。才發現出版社的作用不只是出書而已，有的時候更像是個書籍轉運站。

（三）編輯現正進行中——對紅與溝通

後來便跟著以邠姊學習了如何進行稿件對紅，才知道作家與編輯之間是如何進行交流的。也學習到一些對於稿件修改的標記要如何辨認，例如文字要進行刪減會將文字圈起並畫上一段電話線般的線條、紅筆對稿更正後要在上頭劃掉，以便於註記為已更正等等。

原先以為對紅這個階段只會有一次，結果沒想到可以是無數次。只要作者與編輯兩方有出入之處，就需要進行彼此的溝通，為此我也榮幸地與《中國特色話語：陳安論國際經濟法學》的作者、排版負責人進行過一次信件來往。也向宣伊學習了如何禮貌使用郵件溝通，且透過晏瑞老師再一次的審核，郵件才會發送至他人信箱。

（四）程元敏老師文稿——整稿怎麼整

接著我與倩蓉、姿君被分配到為程元敏老師的稿件進行整稿作業，以邠姊向我說明了因為程元敏老師是一位老教授，為此程老師是希望能夠保留他在稿件中所使用的標點符號，如：將現今使用的書名號《》更改為﹏﹏的表現方式等等。因此我們的工作便是將程老師的原稿對比電子檔來確認何處要進行符號修改，以及幫這份電子檔做初步的錯字判斷。

其實這份工作是簡單的，只是費了點眼睛。因為程老師一卷的稿件便有五萬到十萬不等的字數，因此長久看下來，對眼睛也是蠻大的損耗。所以我與倩蓉便對這樣大的工作量要如何執行產生了疑惑，而透過以邠姊的解答之下，我們才知道，有時候像這種電子檔是會外派至其他公司進行處理的，因此我們只需要進行後續的校對作業等等，這才知道原來也有這種處理方式呀！

順帶一提，程老師的通篇原稿多為手寫，拿在手中厚厚的一疊稿紙是來自於一個教授花費自身精氣神的研究，想到這點便覺得十分感動。

（五）書籍的誕生——封面設計及書號申請

而在此次實習課程中，我和宣伊一同擔任封面設計以及主編的職位。進行的過程中多半是由宣伊所主導的，除了因為她經歷實習時間較長，故學習到的資訊較為全面以外，還因為她帶給人一種熟練感，讓人倍感安心。

接著便進行了一系列有關封面設計的模樣和申請書號所需的資料討論，在過程中也學習到每一本書都應申請書號，就好像人類有身分證一般，書籍也有書籍的身分證。

在封面設計這方面，我請教了擔任廣告設計師的姊姊，請她帶領著我一步步去進行封面設計。也瞭解到封面在畫面的設計上應呈現簡單俐落，又或是配合內容給人的感覺去進

行調整等等的資訊。

四 轉折——過去、現在及未來

（一）過去

經歷晏瑞老師的課程後，讓我學習到出版社對於整體運營方式的今昔對比。在以前的世代沒有網路的發展，人們想獲取資料、資訊就只能從書中找到，因此出版社的存在就極為重要。而在當時出版社對於書籍的處理方式普遍為大量印刷書籍至書店，除了求得書籍的曝光度，這樣的行為也是順應客群行為上的便利，為此在當時年代下的想法便是到書店去尋找自己所想要的東西。也造就出版社倉庫存在的重要性，書籍在大量印刷下必定需要囤放處。因此許多大出版社的倉庫也是一個又一個興建。

（二）現今

然而現今世代受到網路便利的影響，大量的印刷書籍只會造成庫存成本的增加，書只會在倉庫越疊越高，而無實際有幫助之方式。因此在受網路便利的影響之下，書籍的行銷手段也須作出改善。

因為現在的人們需要資訊都會從網路上找尋，我們勢必要找到會使消費者願意購買書籍的原因。而普遍來說，現在流行的方式便是抓住粉絲心態，如：結合戲劇推出旅遊地點的規

畫書、著名作者的限量精裝書籍等等。

除了在推銷書籍的方式需要進行改革，在面對以前大量印刷書籍的想法也須進行改變。因為讓倉庫堆放的書本越來越多，這可不是件好事，因此產生了你購買、我印刷的方式。然而真的等到消費者想買再印刷這樣的時間成本太高了！為此預購的想法便產生了。透過對消費者散播出此書只限時印刷五百本，讓消費者有競爭意識，便會增進書籍的購買力度，也更能確定書籍的定量要抓多少以達到降低庫存的成本。

（三）未來

更加瞭解出版社在面對網路世代的革新是如何進行後，發覺在這個世代有個靈活的頭腦更為重要。一方面是要思考如何在人們能夠快速獲取資料的時代之下，努力將書籍推銷出去；另一方面則是要思索出減少庫存量的方式，這些都是需要創新想法來改變的，因此出版社的未來可謂極富挑戰性。

五　現實與想像

在出發實習之前對出版社的印象就是在電視劇中會看到，電話會接不停、編輯會一直與作者面談、每天都會被日期追著跑，又或是辦公氛圍很僵硬等等。

沒想到實習開始後，一一打破我的刻板印象。雖然依舊

有許多電話、依舊要和作者進行對談、時間也是急迫的，但是最重要的是辦公室的氣氛並沒有劇情那般僵硬，雖說還是嚴肅正經，可是能感受到大家是和諧共存的。

而編輯事務也非小說、漫畫、劇本所描述那樣簡易，只需要校對文章和作者協調就好。現實中這些事情只是展現出來的冰山一角，真正要面對的是許多繁瑣複雜的內容。無論是與作者的溝通就需要進行無數次，以求達到作品最佳完成度，又或是和印刷出版公司的協商等，這些都是繁雜卻又重要的步驟。只能說實際體驗後才能知道現實與想像之間差距有多大。

六　結尾

現在實習仍在進行中，透過到目前為止這三個禮拜的活動進行下來，真實體會到在出版社的工作是如何進行的。再透過欣安姊告訴我們一個完整的編輯內容是如何進行後，才發現原來我們都還只是淺略的碰了一點罷了。更是讓我敬佩在出版社工作的前輩們，這些我們需要分配給兩人、三人的工作，其實幾乎都是他們一人作業的範圍。而我們做的內容都尚未成熟，也需要讓前輩們為我們進行一次檢查，而這些都無形之中增添許多麻煩。為此相當感謝被我們麻煩到的每一位前輩！

其中，除了體驗和學校截然不同的職場環境，也學習許多職場的人情世故及待人處事方式。如果沒有晏瑞老師教導，我

可能還會在職場上碰撞幾年才能體會。來到萬卷樓後，晏瑞老師耐心提點更讓我們學到許多應對人的方式需要再去改進。

回到最初對於實習的激動心情，其實在快到尾聲的時候也仍舊對明天要發生什麼事情而感到期待。畢竟這個實習機會可不是次次都能到我的手中，能夠抓住這次機會去吸收多少本事才是實習的重點。

感謝萬卷樓讓我在這次實習收穫滿滿，除了前輩們的親切對待，還有晏瑞老師的細心教導，這才讓我們從學校裡天真想法的學生轉變成為一個成熟大人的姿態。

現在實習也將到一個段落了，希望我能將在萬卷樓所學習、見識到的事情吸收進我的成長經歷，不要白白浪費在這裡的時光。以上便是此次實習所得到的感想與啟發。

整理孫廣海老師稿件

倉庫找書示意圖

作者簡介

田芷瑄，桃園人，二〇〇〇年生，現為元智大學中國語文學系學生。曾擔任桃園青年事務局小編一職。平時喜愛閱讀及觀賞電影等，學習過一些影片剪輯、App 設計及 Excel 應用等，雖說只是粗學，但尚能堪用。而在過往的工作經歷之下，學習到與人應答的方式以及準確執行上司所交代事務等等，這些都很好地轉換成我的養分，運用自身擁有的能力讓工作效率更進一步，這是我所希望在任何方面中能帶給旁人的。而我也相信以往所觀賞的文學作品會帶給人們情感上的連結，同時期望自己能將所感受的感覺展現於眾人，讓更多人體會文字的力量。

萬卷樓實習點滴

李嘉欣
真理大學台灣文學系

一　前言

今年我準備升大四，為了看清自己未來的方向，決定申請到萬卷樓實習。加上先前曾上過晏瑞老師的出版企畫及圖書編輯課程，不禁對出版社這個行業產生了一些疑惑。因此決定親身來萬卷樓實習，解答對於這個行業的好奇。以下是關於這次暑期實習我的收穫及心得分享。

二　初來乍到萬卷樓

今天是來萬卷樓實習報到的第一天，剛到公司時發現萬卷樓與我所想的不太一樣。公司位於大樓裡的六樓與九樓的其中一間，同一樓層中也還有其他營業中的公司和住戶。六樓是銷售、行銷部門，而九樓是編輯部，萬卷樓的公司規模比我想像中來的小，藏身於住宅大樓中。若不仔細找很難發現！

剛到公司時，晏瑞老師請職員帶我們熟悉、介紹一下公司的環境，之後大家集合至會議室，晏瑞老師請各個實習生自我介紹，這期的實習生除了我們學校的四位還有分別來自不同學校的另外兩位。

簡單自我介紹完後，晏瑞老師便請萬卷樓的梁總經理致詞。致詞結束，晏瑞老師開始幫大家上課，介紹出版社的工作、展望、發展等，上午的實習就告一段落。中午休息時間時，晏瑞老師還親切地向我們介紹周遭店家，讓大家中午買飯時知道有什麼可以買。

下午我們六人為兩兩分組，負責不同的工作。第一天我和安瑜負責微信公眾號。萬卷樓書籍出口有很大一部分是出口給大陸，所以要做宣傳、行銷，讓大陸的消費者知道萬卷樓有什麼書、如何購買。

而實習第一天的小確幸是，梁總經理大方地決定請全公司喝飲料以表歡迎。

我跟安瑜便接下統計、詢問公司裡每位員工要喝什麼的任務。我們詢問途中也分別跟職員們做簡單的自我介紹，在統計的過程中認識每位職員以及負責的業務。晏瑞老師不斷強調進入職場第一步就是要讓大家都認識你，幸虧出版社職員都很親切，減輕我的緊張感。

三　宣傳的重要性

　　第一天提到我和安瑜這組負責使用微信公眾號來宣傳書籍。製作公眾號需要使用到「秀米」這個網站，要先在秀米排版好才會貼到公司的公眾號發表。製作時遇到一些排版的小問題，這時候就會去請教負責教公眾號的蘇簫姊，她都會耐心地幫我們找出原因並細心地指導我們。一整天下來，除了更為熟悉軟體的操作、公眾號的發布，也更加瞭解到行銷、宣傳的重要性。

　　在製作的過程中也不禁對此產生了一些疑惑，像是為什麼要使用公眾號做宣傳，而不是其他宣傳管道？遇到好奇、不懂的問題我們也勇於提出。而晏瑞老師及蘇簫姊告訴我們萬卷樓的書有很大一部分都是銷往大陸，所以使用公眾號宣傳相對方便，而且臺灣沒有像大陸限制程式，也可以用連結分享到各個程式，一舉兩得！

　　這項公眾號的任務我們持續三天左右，由於第一週晏瑞老師給的工作規畫是兩兩一組輪流去各部門支援，才都能瞭解到各部門實際是做些什麼。做完這項工作讓原本沒在使用微信相關程式的我，徹底熟悉了，也更加認知到該如何去排版頁面才能讓畫面看起來更簡潔、清楚。

四　檢貨及理貨

　　輪到我們負責出口部的工作，要先把進貨的書開箱確認內容物是否和清單符合，再把書籍拿出來檢查，由於書籍是要出口到大陸的，所以這項步驟就顯得相當重要。

　　記得那天下午我和安瑜不斷的拆箱、檢查書本再把書先放上書車。搬來搬去，每本書的大小跟重量都不容小覷。全部都弄完，真的是勞累不堪啊！在下班前好不容易告一段落後，卻被告知我們才用不到三分之一，聽到後的我們簡直太崩潰了！只能含淚認清明天還有巨量書這個事實。

　　第一週最後一天，我們依舊在六樓支援出口部，但不同的是另外兩位實習生侑珊跟宣伊來幫忙。因為剩餘要處理的書籍量實在過於龐大，四個人一整天下來消化了近二十幾快三十箱的書，經歷拆箱、整理、裝箱，再封箱，把大量的出口書籍搞定，讓第一週有個完美的結束。如此一來下週上班，也剩不到多少箱。作業直接少了大半。

　　果然分工合作後速度快上許多。團結力量大！做這項工作時我也不忘晏瑞老師的囑咐，盡可能多多提問深入瞭解，我便詢問了主要負責教授我們出口部作業的阿標，詢問他每週都要出口、處理這麼大量的書籍嗎？他很詳盡地告訴我們基本上是一個月一次，處理時會請工讀生來幫

忙，已經持續半年左右。而恰巧我們來實習的這個時段是他們最忙的時間點。因為萬卷樓以學術書居多，暑期各大學都需要跟出版社進貨，加上其他業務，才如此繁忙。

五　因緣際會的採訪

在某次整理書架時，赫然發現有位老師出版了一系列有關臺灣文學史的書籍。而其中有一位實習生本就對這位老師相當有興趣，自身也研讀了很多她的書籍。而我們身為台灣文學系的學生，也可以藉機認識這位老師。

這位老師就是古遠清老師，雖然他是大陸人，卻對臺灣文學有相當的研究。稍微翻閱過老師所撰寫的書籍，覺得相當有趣，像是從大陸的角度看臺灣文學史。一般想到是由大陸人寫臺灣文學大概都會先入為主地認定內容一定有失偏頗，特別傾向一邊去寫，但老師所書寫的內容卻相當中立，既有提出自身的想法，也不會造成雙方的爭議。

古遠清老師的訪談，主要由中央大學的實習生——侑珊負責，而其餘實習生負責準備各自的問題詢問老師。這次訪談的機會相當難得，要不是老師長期和萬卷樓有合作關係，我們應該就沒有這個機緣與老師相遇了。

訪談採線上視訊會議的方式進行。老師個性相當大方，對於我們的問題也是有問必答，看得出來老人家非常

高興。古遠清老師雖已八十一歲，但在畫面上看起來卻相當健朗，完全看不出來已如此高齡，我想這跟老師每日都會在書桌前書寫八小時的習慣有相當大的關係吧！受文學、文字的洗滌如此之深，讓老師看起來和同齡人相比健康不少。訪談在這個愉快的氣氛下結束。訪談結束後，我不禁想，這算不算得上是兩岸的文學思想交流呢？

六　系刊不簡單

有些事沒有親身去經歷就無法知曉有多麼困難。編輯系刊一事就是如此。原先在實習計畫裡就有把編輯本系系刊作為一項任務。但在為數不長的一個月中，除了要編輯系刊以外還有許多編輯部、業務部的事務等我們學習實作。

所以我們的系刊直到最後的兩星期才正式開始。先前有做整個主題的發想，定好大方向。本以為這樣做起來應該會容易許多。但現實卻不是像我們所想的那般美好。

在蒐集稿件時我們遇到了許多困難，首先因為我們沒有足夠的時間可以事先公告徵稿，所以稿件來源以現有稿件為主。而現有稿件就有各稿件參差不齊的問題。光是篩選校對就花了我們好一段時間。

加上雖然以現稿為主，但有些像是老師給同學的話需要及時請老師幫忙寫。我們也有請一些較為熟識的同學們

幫忙募集和撰寫稿件。

因為種種因素使我們屢次受挫。不過，最後我們四人還是盡力克服問題，完成這次系刊策畫及編輯。本來他人要用幾個月的時間才能完成的事，我們卻在極短時間內完成了！

可以順利完成也要感謝身為總編輯的老師給我們很多協助，想法上該如何更改、實際怎麼規劃比較好、遇到問題該如何排除，若沒有老師從旁協助，我們應該還得多花上些時間才能完成。果然是「事非經過不知難」。

七　校對有多重要？

近期我親身深刻地體會到校對到底有多重要，因為最近我在閱讀鍾肇政的《沉淪》時，竟然不只一次發現書中的錯字。像是書裡把形容哭聲的「嗚」寫成了「鳴」、把「嘆息」打成「太息」，還有把「你別想」寫作「你別響」。

看到這些錯誤的當下真的讓我覺得很傻眼，本來投入劇情的思緒一下子就被拉了回來，讓人相當出戲啊！完全理解課堂上老師為什麼一直強調校對的重要性，雖然看似好像只是小事，但卻是非常重要的細節！

記得實習的最後一天，晏瑞老師派給我一個「對紅」

的任務。我拿到的那本書已經過了兩到三次的對紅，所以錯的地方不多，主要是幫忙確認作者有沒有依編輯部的排版要求修改正確。儘管如此，還是要認真仔細地逐一確認。過程中我不禁想編輯們每天都得看這麼多的稿件，還得一行行去確認，使我打從心裡地佩服編輯們，真是辛苦了！

八　蝦皮電商初認識

來到這邊第一次接觸到電商服務，子筠姊親切細心地跟我和安瑜介紹要如何出貨蝦皮被訂購的書。包括如何從後臺設定，印出貨單以及附上詳細的書籍資料明細單據，還有教學怎麼手開發票的部分。

其中我覺得幫忙包裝出貨書籍是最有趣的，仔細地幫書本包上泡泡紙保護書籍不易受損，再放入蝦皮的出貨袋中，袋上貼上購買者的名字、電話末三碼及超商門市，讓取貨可以更加清楚便利，還有切記袋中一定要放入書籍的明細資料和書籍出貨單，讓消費者核對貨物是否為正確的。

做完一整個流程下來，看包裹一個個被包裝好，整齊地被擺放在旁邊，一股療癒感從心底油然而生，很是滿足。

之後我們也偕子筠姊一同到各間超商寄貨，去了附近的萊爾富、全家、7-11。坐了一整天辦公室可以藉寄貨之餘出來走走換換氣、舒展筋骨也是一個不錯的體驗。

九　你有所不知的代號

經常購買書籍的人，應該要對 ISBN 這四個英文字母多少有一些印象吧？只要是出版的書籍在封底的條碼上面都會寫著冠有 ISBN 的十三位數字，可曾想過這串數字及字母代表著什麼意思？過往我購書時意外發現這些數字時就曾疑惑，想著這些數字到底是代表什麼意思？是銷售編號？還是照類別所編的號？通通不是，ISBN 代表的是國際標準書號，所有即將要出版的作品必須前三個月向國家圖書館提出申請。還要提交申請書及排版定稿印刷前之書名頁、版權頁、目次、序或前言影本，乍聽很麻煩，但其實一點都不會，只要備妥這些需要的文件後，不論是用傳真、郵寄、線上或是親自去國家圖書館申請都可以。

而既然提到 ISBN 就不能不說 CIP 了，他們兩個基本上是綁在一起的。CIP 就是出版品預行編目，理解成初期的樣本書也可以，要先送到國家圖書館加以編目。所以如果你要成功出版一本書的話，首先你要先去申請國際標準書號，申請完畢後也要給國家圖書館一本樣書讓他們好歸類編目。具備了這兩項才算是完整出版了一本書。

實習的某天下午由欣安姐帶著我們整理書架，把比較舊期的書放到倉庫裡，讓書架可以騰出位置來放新的書，欣安姐一邊整理也一邊和我們介紹書目跟分類依據，才知

道原來書有細分這麼多種類，而編號和英文字母又分別代表什麼意思。比如：因為書籍正常的大小是十八開，如果紙張大小跟常規不一樣就要用 Z 來區分，第一本 Z001、第二本 Z002……就這樣順下去。再舉個例子，A 就是代表為系列書，但那本封面想要用不同的樣式。

在那天最後的兩個小時由晏瑞老師幫大家上課，有提到早期臺灣和大陸的書籍往來並沒有那麼流通。是萬卷樓領先業界，首位推進把簡體書進口到臺灣這件事合法化，讓之後的簡體書進口這件事可以有規章依循，實為一項創舉。在課堂中也有提到大陸向我們購買的書籍是學術性六成、市場書四成，學術性為大宗，原因是大陸學者會想瞭解不同角度對於自己所研究的學識的看法，且有些學術書籍，在大陸難以取得，所以才需要向臺灣購買。

那大眾很直觀都會認為市場那些小說理應比較賣得出去吧？但不盡然，得考慮到那些小說等市場書會依當時所流行的趨勢書寫，而那些流行文化也會傳往大陸，當地同時亦會出版這些書。想當然他們的市場書對比臺灣賣過去的相較便宜許多，自然而言購買的意願就沒有這麼高。

上完課後，受益良多，藉此機會也學習到平常接觸不到的知識，讓我覺得此次實習變得更有價值！

十　結語

　　這次暑假在萬卷樓待的時間雖只有短短一個月的時間卻讓我覺得受益良多。晏瑞老師完整的規畫讓我們可以逐一部門地去瞭解跟幫忙。也解惑了很多一開始我對出版社的一些疑問。且萬卷樓的職員們待實習生們很好，提問時也都清楚地告訴我們問題的來龍去脈讓我們充分瞭解。若沒有親身去走一遭，這些經歷跟知識是無法獲得的，所以能來萬卷樓實習真的是一個相當可貴的經驗。

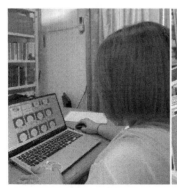

製作公眾號

整理書籍上架

作者簡介

李嘉欣，二〇〇〇年生，是一位千禧寶寶，高中就讀臺北市立復興高中，目前在真理大學台灣文學系就讀四年級。因為對文字有著很大的興趣，所以即便知道讀文學系對未來的工作可能沒有理工科系那麼有錢途，但還是毅然決然選擇就讀文學系，只因不想辜負自己對文字的熱愛。目前還未有著作出版，期望以後可以自己出版一本原創小說。生性浪漫，是個吃貨，對於未來的夢想是希望自己可以賺得飽飽，到世界各地旅行，品嘗各地美食，探索自己還未發現的世界，拓展自己的眼界。

在萬卷樓的那些日子

林育暄
真理大學台灣文學系

一　前言

　　在炎炎夏日裡，我踏上了萬卷樓的實習之旅，體驗一番出版產業的工作及職場生活，除了探索職涯，更多的是挑戰自己，期望在實習結束後，能夠有所成長。

　　以下心得即是我在實習期間，所記錄的工作分享與當下的心情寫照，以及一些個人觀點，回顧了這二十天所發生的點點滴滴。

二　心得

（一）與萬卷樓相見歡

　　帶著一顆緊張又期待的心，我來到了萬卷樓實習。

　　首先我覺得很特別的是萬卷樓的部門竟分為六樓與九樓，分別是業務部與編輯部，而我這次是到編輯部實習。

　　認識環境之後，大家開始輪流自我介紹，我就分享了自己求學的經歷，自己從小在媽媽的培養下，非常喜歡閱讀，因此很早就知道未來的出路一定跟文學有很大的關係，除了在台文系就讀，我也在圖書館打工，所以想透過這次在萬卷樓實習的機會，深入職場，也想實際操作，如校對這項工作我一直很好奇，所以決定到出版社挑戰自我。

　　之後，萬卷樓的梁總經理前來致詞，而晏瑞老師也與我們談及對於職涯的思考，在面臨選擇時不應短視近利，應該要將眼光放遠，未來工作才能長久。

　　到了下午我與思需到業務部進行書目整理的工作，將一捆捆來自劉立平教授家中的書分類，並且建檔。而我們這天整理的精裝書大都由國史館所編，且同一套書會依照年分、主題、集數等分為好幾冊，我們在建檔時也遇到了不少問題，但就是不停詢問阿標。除了工作，我們也請教阿標為何需要特別整理這些書籍，經過了解後，我們才明白這些書在劉教授家中處於閒置的狀態，讓公司帶回處理，將來就可以交給有需要的顧客，延續這些書的價值。

　　總的來說，實習第一天過得非常快，使我獲得許多寶貴的經驗，非常充實！

（二）細節很重要！

　　實習第二天，我與思霈繼續進行昨天在業務部整理書目的工作，但這次還須加上拍照與裝箱，第一時間我就向阿標詢問，為何要將這些書目依序拍照，而原因在於要讓顧客一目了然書本的狀況，再來確定是否要購買。

　　接著在裝箱時，也須注意順序，但這也是最容易混亂的環節，因為整套書不一定放得了同一個箱子，又或者少放一本書，就要重來。所以要謹慎、思緒也要清晰，否則會放錯，因為每個箱子都會標記箱號，若建檔所標示的號碼與箱中的書不符合，很有可能會找不到書，而導致要將每個箱子都打開的窘境。

　　所以我們時刻都在確認箱號與 Excel 上的表單以及照片所標示的號碼有無相同，我這才明白每一項工作真的都有它的不易之處，尤其是細節，若稍有一點錯誤就會產生非常嚴重的後果，因此就像前面所提到的，而這也是真正經歷過才能體會到的深刻感受。

（三）論舊書的價值

　　今天是實習的第三天，上午一樣在整理劉立平老師的書本，但這次比較不同的是它還有分簡體與繁體兩種，在分類時我稍微觀察了一下，我發現有些書很特別的是它封

面都會用繁體字，但內容卻完全是簡體的，所以在界定時也要注意，不能單看封面就將它分為繁體書籍。

到了下午晏瑞老師就把大家召集，實施第一次實習會議，首先晏瑞老師請大家輪流分享這幾天支援了什麼工作、對於工作又有哪些疑問以及得到的解答。

除此之外，針對劉立平教授的書目整理工作，晏瑞老師也為我們講解了其中的緣由，因為這些書籍在劉先生家中已經存放多年，累積了不少灰塵，甚至少數有龜裂、發霉的狀況發生，所以我一直有個問題是這些書本真的有人會想購買嗎？為何值得花費大量人力與時間處理？

晏瑞老師便說明這對於一些學術研究者或者讀者來說，不僅可以獲得不同的閱讀體驗，如各種研究成果與觀點，也可以收藏書籍。

透過整理劉先生的書籍，我才體會到每個東西都有它的價值存在，儘管我們認為它已過時、變得毫無用處，但在他人眼裡可能是個寶物也說不定，所以千萬不要小看任何一樣物品。

（四）微信公眾號初體驗

今天迎來實習工作的第一次交接，我與思霈到編輯部製作微信公眾號，首先就是要創辦微信號，並且追蹤萬卷

樓的公眾號,才可以獲得共同編輯的權限,這也是我初次體驗經營官方帳號的經驗,我覺得很特別。

主要工作在於排版書籍推介版面,我們兩人各被分配到十五篇圖書介紹文,我負責的類別大多與史書研究相關。

而萬卷樓使用的是秀米,可以快速地製作微信推文的頁面,是由中國的科技公司所研發,且因專為微信打造,所以使用方便,並能有效地轉移至公眾號,所以我們很快就將這些書籍推介文排版上傳。

但我個人認為使用上還是有些限制,如字型不能變化的問題,以及因為大多是學術書,所以風格也無法太「跳tone」等問題,如果要使版面活潑一點,我覺得還要多加研究,未來也許可以利用它完成一些工作。

(五)新技能的運用

今天主要將微信公眾號的製作收尾,很快地我們便將所有的推文檢查並且上傳。

之後,我跟思霈便開始討論系刊的內容,邊參考著前幾屆學長姊所編輯的《藝采台文》,邊思考著系刊安排,鑑於晏瑞老師提到可以放上自己的作品,我便想起在大一時,修了蘇宇暉老師的「新聞編輯」,期末成果為製作一個刊物,而我與同學做的主題是介紹淡水的日式建築——

《日居淡水》，我認為若是以「不為人知的淡水秘境」作為專欄之一，不僅可以讓大家更加認識淡水，也能契合學校的周邊環境，且最重要的是，這是系刊前所未有的主題，我想能為同學們帶來耳目一新的感受。

另外，晏瑞老師在下班前指派了一項特別任務給我，讓我學習如何開發票，對於不擅長算數的我來說，在練習時很驚慌、不斷出錯，但經過晏瑞老師的耐心指導後，瞭解如何計算稅額、發票的種類，以及開立發票時應注意的事情。雖然這不是本系專業，但我覺得自己又多會了一項技能，也許未來有機會運用到。

時間來到下週，帶著晏瑞老師交代給的工作，我回到了學校至系辦找系助確認已開立的發票是否無誤。不過交給系助前，因為自己謹慎的性格，我還是針對公司開的發票重新計算過，但我當時發現稅金的金額有誤，擔心是自己算錯，也跟系助雙重確認，沒想到真的是公司寫錯了，所以我當場重開一張發票。

還記得晏瑞老師當時再三跟我交代，發票的重要性，一旦出現問題，要修正的程序相當麻煩，且發票都有固定數量，最好不要一直寫錯，因為發票最後會送回財政部保存，連錯誤的發票都須一併繳回，不能遺失。

　　所以這讓我學到一件事，無論是多麼信任的人，在完成事情時，還是要檢查仔細，尤其是這類較重大的事物，畢竟「人有失手，馬有亂蹄」。因此，還是要小心為妙，才不會出現難以挽救的錯誤。

（六）電商知多少

　　今天我與思霈、宣伊、侑珊被安排到子筠姊的工作崗位學習電商。

　　萬卷樓網路銷售平臺分別有：蝦皮 Shopee、PChome、樂天拍賣，首先子筠姊先帶我們觀摩蝦皮的賣家版面，從如何出貨的細節到管理銷售活動、店鋪的風格配置等，瞭解到作為賣家可以如何經營網拍，而 PChome、樂天拍賣基本上與蝦皮的功能大同小異。

　　接著子筠姊便介紹顧客的付款方式及流程，但我卻發現萬卷樓在 PChome 與樂天拍賣上沒有提供貨到付款，連忙向子筠姊提出疑問，這才得知原來萬卷樓在電商的部分，主要客群還是來自蝦皮，其餘的平臺購買者較為稀少，子筠姊說明用信用卡付費對於公司處理程序比較便利，若在人數少的 PChome 與樂天開放取貨付款手續就顯得繁瑣許多，也可能導致退貨變得麻煩，所以暫不開放。

擁有網購經驗的我，以往都以消費者的角度觀察電商，沒想到這次來萬卷樓有這個機會能夠體驗經營電商，我覺得實在有趣，也看到了這些網拍平臺頁面的運作方式。

下午來到詩盈姊的位置幫忙排「書序」，而所謂書序就是每本書都有自己的編號，而這次整理的書即將送往國家圖書館，有了書序較便於整理，不用一本本對照書名，省時又輕鬆，接著只要使用條碼掃描機將這些書建檔於估價單，就大功告成。

（七）系刊沒你想的如此簡單

對於我們目前討論出的系刊內容，與晏瑞老師開會後，晏瑞老師提出了三點原則：

第一，平衡性：若要向系上老師徵稿，則每位都要提出邀請，否則就有失平衡，但我們沒有熟悉每位老師。

第二，稿件程度可能參差不齊：一開始晏瑞老師問我們對往年系刊的印象與評價，大家都覺得還有能改善的空間，希望這次系刊在我們四人的手中可以帶來不一樣的感受與體驗，這時內容就是一個很重要的元素，但並不是每個人都會用心寫作。

第三，稿件必須找現有的：晏瑞老師提醒我們，月底就要將系刊定稿交由若菜編輯排版，並在八月印刷、出版。

在如此緊湊的時間裡，不可能發布公告慢慢等同學們寄來稿件審查、修改，所以必須找現成的。

有了三項前提，我們才明白系刊內容不是想做什麼就做什麼，而是要考慮種種原因，畢竟不是個人作品，而是整個學系的重要學術作品，所以要調整的地方還很多。

因此，基於這三點，我們對系刊的規畫又重新思索一番，費了九牛二虎之力，最後在今天將《藝采台文》的兩大標題及其餘小標擬定好。

（八）古遠清老師訪談錄及圖書工作經驗談

今天是萬卷樓很重要的日子——臺灣文學史作家古遠清訪談，雖然主要由侑珊為採訪者，但身為台灣文學系的學生，這一定是個極好的學術交流機會，所以我們也都各別向古老師提問，我發現古老師都不吝於與我們這些後輩分享他的想法與理念。

令我印象深刻的是，古老師要我們多多認識異性學霸或朋友，古老師說這是個支持自己的好方法；另外，古老師也表示臺灣文學若要走出新的道路，就要盡量減少意識形態，試著讓文學「純」一點，或許在傳承或推廣上，能夠有更多出路。

而訪談結束後，我聽著宣伊分享她見習國家圖書館的工作內容，畢竟在學校的圖書館打工三年了，累積了不少經驗，如：點書加工、建檔、上架等等，所以我對於國圖充滿了好奇，不知道工作是否與在學校所做的一樣，瞭解過後，才明白新書剛進國圖的流程以及環境，我想未來有機會一定要去看看。

（九）我所體悟到的

將系刊訂下主題後，我們的進度來到了徵稿，在這個時候，我才注意到一件事——人脈的重要性。

還記得在學校上課的時候，常常聽到每位老師苦口婆心的說，要趁大學的時候多多認識新朋友、廣結人脈，對將來出社會很有幫助，因為我們總會有需要他人幫忙的時候，就如現在徵稿的狀況一樣，因為是整個系的刊物，不可能只有班上同學的作品，於是我動用了所有自己在系上的人脈，除了對大家邀稿，也請他們詢問同學來稿的意願。

現在回想起來，若沒有認識這些朋友，可能就會損失很多稿件，由此可見，平時就得關注自己在人際關係的建立，而且也要保持樂觀的心態，因為這次提出的邀約也有不少人是拒絕的，甚至答應了卻沒有消息，加上短時間內也不好催稿，隨著截稿日逐漸逼近，感覺真的十分煎熬，

所以如何調適自己的心情也是個很重要的課題，這是當編輯才有辦法體會到的事。

（十）大功告成

完成系刊前，我們就遇到了稿件不足、內容需要修正太多、等待的稿件一直沒消息等問題，但總要想辦法解決，與晏瑞老師開會後，才明白事情沒有我們想的如此複雜。

沒想到前幾天我提供的刊物《日居淡水》，晏瑞老師看過後竟告訴我們可以整篇作為一個專欄之一，除了能夠填補稿件的空缺外，還能順利發表自己與同學的作品，簡直一舉兩得。因此，我們也向班上同樣有修過蘇老師課程的同學邀稿，經過整理後的刊物成為另一個專欄，為《疫波三折——疫情肆虐下的臺灣》。我覺得將這些作品放在系刊上，不僅能夠使學生們的努力被看見，另一方面也是台文系在業界課程上的成果，非常有意義。

而在面臨稿件程度參差不齊的問題，我們一開始埋頭苦幹，校對每一份稿件，花了許多心力修改錯字、使字句變得通順，但因需要考慮時間不足的問題，我們後續改變作法，選擇保留每個作品的文風。

另外，先前因為擔心給人施壓的感覺，所以遲遲沒有向已答應要來稿的同學催稿，但截稿日迫在眉睫，我還是鼓起勇氣催稿，同學才開始動作，這時我才瞭解，催稿其

實不是施壓，主要是提醒的作用，若等到最後一天再請對方交稿，可能就來不及了。

所幸在最後幾天稿件順利蒐集完畢，我們按照晏瑞老師要求的格式將目錄、所有文件整理妥當，以公司的 e-mail 寄給若菜編輯排版，總算完成《藝采台文》的前置作業。

經由編撰系刊，我才體會到當編輯的不易，從構思、聯絡作者到校對文章等等一手包辦，其中的艱辛在還沒接觸系刊前，根本無法想像，但我相信一看到成品發到系上每位同學手上時，一定會很驕傲，感覺什麼都值得了。

三　結語

首先，十分感謝萬卷樓的梁總經理、晏瑞老師以及每位前輩對我們實習生的照顧，我覺得自己很幸運能夠來到這裡，見識到出版產業的規模以及最真實的職場生活，真的受益良多。

沒想到在萬卷樓的日子過得如此飛快，不知不覺間就迎來了實習的尾聲，回首二十天前，那個對實習充滿期待、緊張的我，現在已經能夠自信滿滿地說出自己在萬卷樓的這些日子裡，不僅完成了系刊的編撰，還體驗到了業務部的許多工作如：整理書目、估價單建檔及電商等等，十分充實且很有成就感，真的不虛此行。

　　除此之外，我覺得讓我感受最深的就是職場生活，在實習結束的前幾天，老師與我們開了一場會議，檢討實習期間，我們無意犯下的工作大忌，這才讓我意識到，自己仍有許多不足需要改進，像是要注意與上司、前輩與同事的互動與對應，以及最重要的——禮貌，老師舉了一些例子告訴我們，不是每位老闆都會提醒自己的員工犯了什麼錯，而是選擇在心中默默記下，很可能被討厭了都不知道。

　　所以，我想除了盡量不要犯下錯誤外，還要會反思哪裡做得不夠好，並且抱有一顆感恩的心，因為帶給他人溫暖的同時，對方也會以同樣的方式對待自己。因此，要將這些職場的生存之道謹記在心，不僅對於工作順利，也能夠提升自己的好形象。

整理書目中的建檔

與思霈一起製作微信公眾號

作者簡介

林育暄，新竹人，目前就讀於真理大學台灣文學系，專職學生。是個典型的雙魚女，常常不經意的陷入想像中，所以很會發呆，但也是因為如此才會喜歡寫作，目前持續創作作品，畢業前即將完成我人生中的第一本兒童繪本。喜歡貓、狗等小動物，不過如水生動物、爬蟲類，甚至是遠古生物都有興趣，所以我也關心地球的自然環境，以及生態的議題。此外，我也很愛做手工藝，從羊毛氈、縫紉到袖珍屋及各種DIY 都有嘗試過，所以我還是個對新事物保有好奇心的人，會想冒險還有學習不同的東西，為平凡的人生增添一點新鮮的色彩。

不遠萬里——編輯的成長道路

林姿君

元智大學中國語文學系

一 前言

高三的我磕磕絆絆地在學習道路上前進著，懷抱著對文學的憧憬，最終選擇了中文系，對此，身邊有著各式各樣的聲音，有質疑，有擔憂，有對我孩子氣的選擇恨鐵不成鋼的嘆息，也有對此覺得荒謬的嗤之以鼻，畢竟文類科系總與「沒出路」掛勾，但隨著時間的流逝，不知不覺我已經是即將升上三年級的大學生了，我同樣也對我的未來出路感到迷惘，因此我選擇了實習課程，希望能藉著這次機會接觸職場環境，讓這次經驗成為未來的選擇之一。

升上大學以前，無論是我的國中或是高中國文老師，皆分享過自己曾在出版社工作的經驗，因此對於出版社編輯這份工作我有著強烈的好奇心，雖然從晏瑞老師的敘述中可以明白這並不是一份輕鬆簡單的工作，但是我卻覺得這是我們中文系學生較難被取代的職業，因此在這次的實

習選項有出版社的編輯部時，便決定這次實習的目標就是學習與瞭解「編輯」這份工作，我相信我也能透過這次實習向身邊親朋好友證明，老師真的不是中文系唯一出路。

二　實習心得

（一）來到萬卷樓

實習的第一天，我與同學們一起搭上火車，在搖搖晃晃的火車中與通勤的上班族們搶奪著車廂有限的空間，這樣擁擠的通勤體驗實在不怎麼美好，但我也因此感受到這座城市的繁忙，最後我們從捷運古亭站的六號出口出來，來到了目的地──萬卷樓。

要說到我對萬卷樓的第一印象，那麼絕對不是一家出版社，我甚至覺得比較像是一間書店或是圖書館，畢竟一推開門，目光所到之處都是書，每個書架上都整齊地排滿了書，也因此走道有些窄小，要說這是一間小型圖書館我可能也會相信，後來才知道，原來這是萬卷樓的門市，書店的感覺並不是我的錯覺，這裡同時也是萬卷樓的業務部門，而我接下來主要實習的編輯部在樓上的九樓，一想到我接下來能學習到這些書是如何從一份份的文稿變成一本本可供閱讀的書，而我甚至有機會參與其中，讓我有些小激動，對這次實習也開始期待了起來。

在來到萬卷樓之前，我還因為暑假的作息未完全調整過來而有些昏昏欲睡，但在站到萬卷樓的門口時，我才開始對接下來一個月的實習感到緊張，本來在內心預想過的一些重點以及避免犯下的錯誤，在見到晏瑞老師與編輯們後就瞬間忘得精光，而且很快地，我在一開始就犯下我所認為的第一個錯誤，那就是對晏瑞老師和編輯們的自我介紹，雖然不知道職場上的自我介紹究竟該說些什麼樣的內容，但我相信興趣愛好等話題是可以忽略的，雖然晏瑞老師也提示了可以介紹自己的特長，但當時的我只準備好和「同學們」自我介紹，因此當自我介紹的對象換人時，別說想起我的特長了，我甚至連怎麼說話都快忘了，腦中一片空白，沒能好好地介紹我自己，幸好這不是個大問題，晏瑞老師與編輯們也不會在意。

讓我在意的還有在晏瑞老師與編輯眼中，我工作態度給人的感覺是否認真？根據之前打工的經驗，我曾被總經理說看起來不是在恍神就是在發呆，要不是工作上少有失誤，下達的指令也有正確執行，否則實在不像是在狀況內的模樣，為什麼會給人這樣的感覺呢？我的眼神？行為舉止？抑或是我的氣質氛圍？這個問題我至今無解，但願在這次實習不會碰上相同問題，或能藉此尋找出答案。

（二）整稿──王韶生教授論著知見錄

在實習的第一天，我與另外兩位同學被分配了我們的第一項任務，那就是整理孫廣海老師的稿子，我們要將文檔的內容拆散，分為「目錄」與「原文」兩類，原因是這是孫廣海老師替王韶生教授所整理的著作輯錄，但在孫老師的文稿中，部分書籍除了在名稱後方加上出處之外，還附上了文章原文，這讓整本書的版面變得十分複雜，不夠簡潔明瞭，不利讀者閱讀，也會削減讀者閱讀的耐心，因此我們必須將從文檔中辨別出兩者，並將其分類出來。

我本來以為這不是一項太難的工作，畢竟看起來不過就是分類，但在實際操作過後才發現這並沒有我想像中容易，雖然手上有著樣本可以參考，但是有許多問題是樣本中沒提到的，像是如何將詞作的詞牌、題目以及原文首句區別開來，只好一次又一次地詢問欣安姊。

在整理過程中，撇開無法自行判斷編排方式的內容不談，我個人碰上最大的問題就是排版，在看過晏瑞老師的排版教學影片後，我本以為排版不再是困擾我的問題之一，然而現實是，不知道為何排版樣式刷不上去，雖然已經按照樣本的格式去設置，最終結果卻有著很明顯的不同，無論字型或是段落皆與樣本不同，最後只能用複製格式的方式一遍又一遍地緩慢操作，但仍有些內容的格式無法成功設定，這讓我有些困擾，甚至思考著我是不是應該

再認真研究，精進一下 Word 的功能與操作方法了。

這份文稿我們拆分成三等份來進行整理與校對，本以為會是我們獨自處理各自份內的工作範圍直至結束，但是第二次校對的部分卻是交換進行，原先我有些不解，不是不知道交換校對能發現前一個校對者沒發現的錯誤，這件事學校老師也曾說過，而是我本來認為校對這項工作須專注，應該不太會出錯才是，在學校與同學的交換校對也不曾找到錯誤過，但在這次交換校對過後我才知道，之前找不到錯誤不過是因為份量太少，當校對的份量大的時候就很容易出錯，畢竟很少有人能長時間保持著高專注力而不會感到疲憊，這對我來說是一個很有用的學習經驗。

（三）校稿與對紅——真理台文系系刊

和之前整理孫廣海老師文稿的工作相比，校對真理大學台文系系刊的工作，更加符合我內心對編輯工作的想像，而文章作者大多都是學生，比起講解文學的嚴肅文學，這樣貼近日常生活的文字，讓我在閱讀時少了許多「讀不懂」的壓迫感。

不過在校對過程中還是有些小緊張，畢竟我對辨別字形字義的能力不太有自信，就算找出了錯誤也很擔心是自己找錯了，還有對冗言贅字進行刪除或是修改的部分，為了版面好看，有時會需要修改內文，避免排版上「單字成

行」的情況，而對於小說類型的文章，人物對話的字數較少，就很容易出現單字成行的情況，卻又無法輕易更動字句，讓我有些苦惱。

除此之外，我依舊透過這次校對學到不少，要說學到最多的就是校對的「規則」，像是校對後如何在文稿上標注，在文稿上的各類符號皆有各自的意義，而排版者也能透過這些符號明白該如何對文稿進行修正，另外，校對時找到的錯誤之所以要用紅筆來標注，是因為紅色較顯眼，能讓排版者快速找出須訂正的位置，避免缺漏，而這估計也是之後的校對稱為「對紅」的原因。

雖然學到了對紅的方法，但目前的我尚未對過紅，雖然聽起來不過只是把重新編排過的文稿，對著之前的紅筆標記確認是否有成功訂正罷了，不過看身邊的同學不斷拿著一校和二校的文稿詢問晏瑞老師和編輯們，我就知道這份工作估計也不像聽起來那樣簡單，希望在剩下的幾天裡我能有機會親自作業一次。

（四）出版社的業務部門

在實習的第二個星期，我們得知我們有被外派去出版社的倉庫實習兩天的機會，在看過門市那樣堆滿書的情況之後，不難猜到，倉庫的情況肯定會更誇張，這讓我越發期待了，畢竟在聽過晏瑞老師的課之後，我瞭解到「倉

庫」早期甚至會影響到一家出版社的生死，只可惜輪到我與倩蓉時，倉庫的工作已經到了一個段落，暫時不需要我們實習生幫忙了，也因此我和倩蓉被改派到六樓的出口部幫忙，雖然有其他同學拍攝的倉庫照片以及心得分享，但無法親自去與體驗還是覺得有些可惜。

不過根據同學們的說法，我們在出口部的工作和他們在倉庫所做的工作差不多，也就是拆箱、清點、確認書況以及重新裝箱的工作。此外，我們還必須對書做好一系列防護措施，由於要走海運，因此我們必須在箱子內部套上一個防水袋，畢竟紙類怕水，這是給書本做好的第一層保護。另外我們還必須將紙箱與書本之間的空隙填滿，放進泡泡紙及填充物，避免書籍在運送過程產生碰撞而損壞。

最後在我們裝箱前，還必須確認書籍是否保存完善，除了外表明顯可見的損傷外，也須翻動書頁確認書本內頁沒有裝訂與印刷上的錯誤，因此我們得將部分書本的封膜拆開，而這也是這項工作最費時的地方，畢竟在拆膜的時候也要避免傷到書籍本身，必須謹慎小心，不可大意。

另外我們還整理了一批從大陸送來的書，我們同樣進行拆箱的動作，並且進行清點與分類，看到清單我才發現，原來這些書是各個不同單位所需要的，像是國家圖書館、立法院以及各個大學，其中最讓我感到困惑的就是「漢學」這個單位，畢竟這是這些分類之中的最大宗，但

卻不像其他單位一樣一眼就能分辨，而「漢學」所需求的書籍甚至比國家圖書館還多，究竟是什麼樣的地方才會比國家圖書館有著更多的收藏需求？後來詢問過後才知道，原來「漢學」指的是國家圖書館的漢學研究中心，怪不得除了書籍量龐大，還多是嚴肅文學的書籍。

（五）實習期間的課程

　　雖然我認為在實習期間應該把自己當作試用期的員工來看待這次實習，但操作上的生疏以及經驗的不足，都改變不了我還是個學生的本質，也因此在很多時候，向晏瑞老師與編輯們詢問問題時，我總能特別感覺到我在這裡依舊是個「學生」，我也努力學著，晏瑞老師曾為我們上課，告訴我們有關出版社的知識以及發展，介紹了過去與現今相比，出版業隨著時代而做出的改變，以及前後兩者在發展與營運模式上的差距，曾經的出版業為了增加自家書籍的曝光度，多是採用以量取勝的方式作為宣傳，但過量的書籍對出版社來說也是一個負擔，倉庫不夠存放只好多建幾間，這樣又是一筆開銷，無法負荷的出版社只好選擇賣掉地價上漲的倉庫而復活，成為早期出版社的循環。

　　而如今的出版業因網際網路的普及，一改曾經的宣傳與行銷方式，除了可以減少書籍印刷的數量，避免過量的庫存，非暢銷類的書籍也可透過網路尋找有需求的讀者，現代也不像以前凡事只透過書籍來學習與瞭解，本是資訊

接收來源的書籍被網路給取代，因此書籍的出版方向也從曾經的五花八門到現在從流行話題延伸。

除了出版業發展，我和倩蓉還幸運地看到晏瑞老師與另一位老師簽約的過程，而晏瑞老師也在最後講解了出版契約書上的內容。合約書上的內容十分詳細，大到出版授權期限，小到繳交稿件的時間與份量，各事項皆詳細地記載在簡單的幾張紙上，雖然晏瑞老師說合約中的有些條件並非必要，但過分單薄的合約書也會給人一種不靠譜的感覺，讓我不禁覺得，原來簽約對儀式感也有些講究。

要說到我對這份合約最不解的地方，或許就是甲方的義務之一——若著作權利受到侵害的處理辦法，我本以為自身著作權利受到侵害，應該會是作者主動追擊，與出版社聯合保護與奪回屬於自己的利益，但合約上卻是由出版社來處理，防範侵權的費用皆由出版社一方自行承擔，然而最終獲得的賠償金卻又不是出版社一人獨吞，而是甲、乙雙方平分，我不太明白，這樣怎麼會有作者不願意拿回自身著作的利益呢？但在晏瑞老師講解後才知道，還真的會有老師不願追究，不願將事情鬧大或是有些對此不怎麼在意的「佛系」作家，對於著作被盜版就放寬心當作是一種宣傳，雖然甲方配合乙方一同保護版權在合約上是甲方的義務，但作者若沒有意願出版社也不會強迫，這下我也明白為什麼晏瑞老師會說有些條件並非必要了。

　　另外還有數位版的授權，現在畢竟是一個數位化時代，電子書雖然不算成熟，但其發展依舊是未來趨勢，況且未雨綢繆並非壞事，因此就連數位化的授權也一併取得，否則一份合約授權長達五年，若是五年期間有了發展電子書的需求，另外簽約或更改合約並不容易，因此提前簽約也是一個好選擇。

　　多虧有這機會能聽到晏瑞老師講解合約，雖然部分內容對我來說依舊有些艱澀難懂，但不妨礙我感受一份合約上的「文字遊戲」，像是在合理範圍裡稍微擴大自身權利範圍。儘管如此，整份合約依舊保障簽約雙方權益而互惠互利，這估計也是我這次實習所接觸到最正式的事情了。

三　感想與收穫

　　一個月的學習下來，我對編輯以及出版社都有了更進一步的瞭解，從編輯部的校稿、對紅再到出口部的清點與理書，無論在哪一個部門，我所獲得的知識皆是我在學校課堂上無法獲得的。

　　在萬卷樓的這一個月裡，除了出版業以及編輯的相關知識外，我也從晏瑞老師與編輯們口中接收了有關職場上的應變進退、應對客戶的方式、如何讓上司保有好印象、如何平衡生活與工作的關係以及良好工作態度等等，只可

惜一個月的時間終究有限，雖然收穫良多，但這終歸只是冰山一角，感謝萬卷樓能夠和學校合作，開了這堂實習課程，也感謝教導與主持這一切的晏瑞老師和編輯們，讓我能夠帶上這次寶貴經驗繼續向前。

排版練習與文稿整理

出口部書籍整理
確認書況及撕除封膜

作者簡介

林姿君，元智大學中國語文學系三年級學生，喜歡嘗試與接觸各種類型的挑戰和知識，從中吸收、學習並收獲豐富經驗，像是升上二年級時擔任社團幹部中的社長職位，明白身為社長的重責大任、社團活動辦理規劃與申請的輕重緩急、與師長有效溝通的方式以及和人際關係上的建立與維持。三年級時選擇為未來規畫增加選擇，加選了學校實習課程，到真實職場學習與體驗，利用這段時間掌握與熟練各項文字技能以及職場禮儀。

陽光刺眼我依舊抬頭
——實習生邂逅萬卷樓

許倩蓉
元智大學中國語文學系

實習是大學生畢業前的預習準備，亦是出社會後的選擇方向。藉由此次的全程參與，我在嘗試新鮮事物的同時，亦進一步勇敢挑戰突如其來的未知，使自己有所成長。

萬卷樓出版社，主要是大陸方面的書籍，是學術性的、有深度、內涵的書籍。如蜜蜂被花蜜吸引而至，相當迷人。

作為一個熱愛文學、熱衷文字的中文人，有一探出版社之必要、一窺編輯業之必要、一滿好奇心之必要、使所學回饋社會之必要。

於是我來到了萬卷樓。此文正因萬卷樓而起，歷歷在目，回味無窮，於是提筆誌於此。

一　前言

有些機遇可遇不可求，而我正好抓住了。只因陽光太刺眼，必須得做點什麼。

二〇二二年，大二升大三的八月暑假，為了清楚自己喜歡什麼與不喜歡什麼；明白自我追求什麼與放手什麼，於是，在這條探索路上我踏出了第一步，且做了一個值得銘記的選擇——至萬卷樓實習。這門選修課的課名、課程規畫與內容安排相當吸引我，不論是從自我挑戰、航向未知；抑或磨練體驗、行動實踐，皆為心之所向。

以前對於編輯此項行業只停留於自己最感興趣的「校對」階段而已，一知半解的同時，卻從未想要探究更深層的道理。直至來此一個月，才賦予我對出版業全新的認知：打破過往的刻板印象；建立現在新興的宣傳手法。當然，我仍是管窺蠡測，不能說有多麼深刻的見解，但是能有機會見識到、操作過，已然是非常幸運而珍貴的一件事情。

非常感謝萬卷樓能予我此次的機會。

藉由此次實習，它引領我至不曾看過的遠方，也帶領我到未曾遙想的世界。因此當幻想與現實結合，縱然有些不盡人意，卻砥礪心志，使我更上層樓。

二　孤單寂寞覺得冷——編輯部的一日復一日

　　九樓是萬卷樓的編輯部，是實習生最常待的地方。進去直走左轉便可見右手邊有個房間，一張長形圓桌、一部單槍、一個投影幕，還有兩邊整排的書架，上面放滿了書，或叢書或套書，這便是六位實習生的小小天地了。從此開啟了我們的工作。以下為操作過的真實體驗記錄之：

（一）整稿

　　顧名思義，就是稿件整理。我們要將文稿「體例統整」。

　　首先是替一位香港學者的文稿重新整理。為使讀者方便閱讀，我們先將標題與內文分開，這樣不僅清楚明瞭，亦簡潔大方；再來是重整格式，使內容、標題或是出處有一致性的順序。因此我們參考範本的樣式，修改文稿的格式。不僅再次熟悉 Word 的功能，如：取代、複製格式，也知悉排版的格式，更培養我們的耐性與細心。

　　當然，在操作之前我們知其然知其所以然，晏瑞老師循序漸進地引導我們思考與回答。「你們知道為什麼要這樣做嗎？」……來往間都是學習的機會。整稿過程中「不要想一次做到好，一次解決一個問題，不要貪心，我們會慢慢修正」晏瑞老師慎重地叮嚀。

　　不久，我們立即迎來第二次作業如何更動之事項。這些看似細節之處，卻是這些日子以來，我們眼中的大世界。我們交換更改，如此一來才能看到別人未發現的問題，不侷限在過往的盲點中。而在整稿時的 Word 檔中，我們也提出了疑惑：我們整理的文稿中，標題、內文、格式等，請問是編輯們統一討論出來的？抑或遵循既有的書籍作沿用？是否有一個出版社的固定格式？這才明白原來這些排版格式都是精算過後的結果，例如：段落行高是 17.75 點；縮排是 -0.1 字元；位移點數是 0.8 字元等等的醜陋數字，皆是為了使版面更好看所做的計算。

　　休息時，環顧四周，才發現書架上書籍的用處不簡單。經詢問才明白，原來書籍的風格與封面是根據它是屬於哪個系列去決定的，比如說：古典的、現代的、知識類的，各個系列皆有不同的設計封面。因此，編輯會來這裡找書參考。此外，也會觀察書籍的排版內容：假使前本的編排不好看，就會引此為鑑，作內容與排版上的微調，使版面與封面臻至完美、出版品更加優秀。因此我們可以看到書籍上皆印有「編輯部用書」的字樣加以區分書本的用途。

　　其次是替程元敏老師整理文稿，此次較為複雜，不僅要整理標點符號，亦要檢查內文的錯字缺字。當文稿與檔案有出入，就需要抱疑，進而上網查詢。例：書名號的位置是否正確（是一本書；抑或是書名及其篇章）。由於此為一份

以文言文為主的學術性文稿，故遇到字打不出來時，可先用「輸入法整合器」試試看手寫；如若無法解決，則進一步使用「缺字系統」與「漢字古今字資料庫」。

（二）校稿

校稿的學問是廣博的：其歷史、目的、內容、方法、步驟、符號、工具、細節皆有其學問。我認為不僅要尊重作者，亦要對讀者負責。以教育部字典為依歸，明顯的錯字、冗字、衍字、標點符號都要修正，亦要針對不通順的文句進行潤飾（因此每個人更改後的結果不盡相同）；「單字不成行，單行不成頁」的原則亦要把握。不能只是單純地閱讀，而是由點（逐字逐句）、線（以行為單位）、面（以段為單位）的順序來校對，方可面面俱到，觀察出缺失。至於符號，例：刪除冗字時拉出來用一條豬尾巴的線；缺字時可使用補充說明的形式；錯字時則圈起來拉到旁邊空白處寫出正確的字即可。

校稿通常有三校，也最好壓在三校以內完成（因為時間與費用問題）。一校是由內部專業人員來校；二校是作者自校；三校是由編輯來校。經過一至二個禮拜整稿，排版完後才會來到校稿的階段。此次我們接觸的是一份大學的系刊，負責一校。

一校完即可申請 ISBN（似書籍的身分證字號，有十三

碼，具代表意義）。在申請國際標準書號（ISBN）之前，我們要把一切所需資料準備好——書名頁、版權頁、目次與部分內容。我們先使用萬卷樓出版社的帳密登入國圖的「全國新書資訊網」，填好出版月份（申請月再加三個月）、定價（自有公式）、尺寸（通常以十八開為主）等的必填項目之後，最後上傳準備好的必要資料（盡量使用 PDF 檔），即可完成。三天後就會有 ISBN，再過三天出版品預行編目（CIP，似身分證上的主要資料）才會出來。

儘管知道了流程，但是小細節也不可錯過：平裝、精裝的書號是不同的；再版書是需要重新申新書號的；十六開、十八開（常用）、二十五開的書籍之大小差異比較等。

（三）對紅

每一校都會有對紅。對紅是指核對一校中的文稿是否全部修正，檢查紕漏錯誤，並且查看是否有新的遺漏疏忽。

由於系刊一校後的文稿經對方確認與排版商回傳完成，便進行了「對紅」。與一校文稿經過一番對比與畫記；遵照指示與原則，花了約一天的時間才對好，其中可見作者與編輯的牴觸；亦見原本一校中未見的其他文章穿插。

書，是結果；編輯，是過程；作者，是肇始。沒有橋梁，就不見路上來往行走的路人。

　　一個人，一件事，一直做，重複的日子是枯燥的。而當編輯是極需耐心的，而編輯當下，我們就在訓練耐心，基本功練好後才可循序漸進下一步。整稿、校稿、對紅之一系列流程皆為編輯職責之所在，看似一成不變，更多時候，我們要依靠自己去發掘新事物，永保好奇心能讓專注的每個當下都變得有趣。

三　腰痠背痛覺得累──出口部的一箱又一箱

　　大樓六樓是萬卷樓的門面，負責販賣書籍，因此一推開門，數個木製書架上有數不清的書：大本的、厚重的、古典的、簡體字的等，不一而足。左轉直走再右轉，左手邊是我支援二天之所在──出口部。

　　大略的主要流程是拆箱、清點、理貨、裝貨、出貨。分為出口圖書與進口圖書。

　　前者為出口至大陸的圖書。我們按照紙箱上的編碼，拆箱、取書、放至運書車上後，開始清點數量、核對書名，之後割開塑膠封膜、瀏覽內頁，檢查書籍內容是否完好無缺，沒事即可裝箱。在此中明瞭：裝書要平躺且正反交錯放，才較為平整；因為是海運，故要套上一層防水袋；間隙裡要塞上氣泡紙填充；紙箱上下共八邊要使用膠帶加固，謹慎也預防。才知曉書籍出口至對岸的必要流程。

　　後者為清點、核對、分類來自大陸的圖書。先是拆箱，後放置運書車。再來是寫上它們的分類，如：清大、政大、立法院、漢學、國圖等的分道揚鑣之路。再把這些分類好的書籍放到外面標示好的箱子中（數量與堆疊之況，至少有兩面牆），等到積累一定數量後再由出版社送過去。

四　鬧中有靜——身歷職場之中

　　職場氛圍的類型會影響求職者的意願。在員工的空位上待了幾天，我發現大多數的時間只有鍵盤的打字聲與電話的接洽聲，偶爾會有賓客到訪或是員工處理業務。基本上大家都是長時間在自己的座位上盯著電腦與文稿。每一天都會有不同的事情發生，我覺得滿新奇的。

　　編輯的工作主要分為二大項：一是處理文稿相關事宜；二是行政工作相關方面。前者為上述所說文稿的整稿、校稿、對紅等之細心流程；後者為核對帳目、接洽電話、簽訂合約等之行政內容。尤以簽訂合約一事令我印象深刻。

　　一天，某位老師到此簽訂合約。面對突如其來的場面，如坐針氈。我們靜靜聽與觀雙方的說話過程，直至目送老師離開，才鬆一口氣。由於同學的提問，於是晏瑞老師從頭到尾仔細地講解說明合約內容上的條目：文字訂定、語意釐清、內容慣例、甲乙雙方、保障受益、主動被動……簡單兩

張紙，卻乘載龐大的訊息。讓我意識到清晰的腦袋、獨立的思考與說話的藝術皆為重要之能力。

除此之外，深刻的職場禮貌教育是必然的。從見面時的打招呼就可以判斷印象好壞。職場從不是一個用料簡單而速成的食品；而是如西式菜餚般，一道一道擺盤講究且精心雕琢的複雜餐點。要如何讓老闆記住你？清楚你？得先主動出擊，有疑惑就提出來大家一起討論，不可以等到開天窗了才讓他人為你收拾爛攤子。當然，工作與生活要分開、要平衡調適，這是很重要的，如若壓力龐大進而導致精神崩潰，那就糟糕了。其中我認為如何拿捏分寸才是影響這一切的根本，著實獲益良多，不僅明白職場取向的結果論，更學習到平衡人事物的協調能力。

五　不斷學習──程式的使用、對話的收穫

實習第一天開始，晏瑞老師就告訴我們每一天都要寫心得（工作紀錄）。直到今天我才進一步發現心得的深刻意義原來是：鑑往知來──觀察過往與改進未來。前者把握當下，不使人生虛度光陰；後者推演未來，及時修正道路指示。有意識地記錄比虛與委蛇地撰寫來得重要。日誌不僅可幫助自己瞭解自我，亦可清楚明白心之所向，更可以幫助我們善用時間，不虛過。

　　進一步地，我們註冊微信，擔任後台人員並知曉其基本操作。宣傳書籍的業務有許多方法，加上萬卷樓多與大陸往來，也主要出口於彼，故使用他們那邊常用的軟體，較能打入市場。再來，此項程式「秀米」，我們學習裡面的編輯、排版、行距、內容、樣式等，方知原來網路上看見的書籍資料之瀏覽頁面是這樣製作的。而後讓我們慢慢操作練習，使熟悉，為日後作業能順利進行而奠基。

　　然後，Word 排版教學則是開啟了約七十分鐘的旅途。我慢慢走，從最基本的功夫學到最細緻的調整；字形與段落的點選功能，根本是開啟另一個世界的大門；篇名（奇數頁）與書名（雙數頁）的放置位置以及那一條區隔橫線的製作，驚訝了我；建立、清除樣式與複製格式根本就是人類的好朋友；也學會了引文的使用格式。諸如此類的新發現與好奇心不斷被滿足。當我腦中突然冒出「為什麼排版格式一定要這樣設定？」立即就有了解答：其實排版格式都是自由的，我們都可以做不同的嘗試與決定，不過書的排版要這樣編輯才顯得整齊。

　　此外，晏瑞老師亦在閒暇之餘為我們上課。學到了：裝箱時，書是平放的。若直放，看起來可以放很多，且容易看書目，但是在運送過程中的碰撞會使書彎曲，破壞書的外觀；傳統書店與網路書店的經營模式以及思維轉變。其中，出版社的行銷手法：預售，讓商品變得有價值（典藏版、簽

名版）是印象深刻之處。而若是看到購物平臺打折求售，出版業就會出現危機。當我們藉由當紅的戲劇進行出版品的相關延伸。例：「非常律師禹英禑」就可以延伸出使他人有興趣或是不知道的好奇之事，而出一本書。

有時看似是漫不經心的小小談話，卻蘊含著做人處事的應對進退之態度與方法。回想起每一次的對話與提問，都是學習的最佳機會。

六　結語

每一次的提問，都讓自己更進步。我想告訴大家的是：永保對於好奇心的熱情，會害怕外界的看法很正常，不要讓它熄滅就對了！

說走就走的旅行是害怕的、不安的；卻也是興奮的、快樂的。一個月的實習，不長；上午九點至下午六點的時長，不短。在一短一長間；在一分一秒中；在生活與工作裡，大有斬獲。在整稿時：遇到不會的字，會為了滿足好奇心查詢形音義，一邊學習，一邊作業；在校稿時：得知自信是校稿時需要具備的信念。過程中的猶疑躑躅皆是不夠自信的結果。在對紅時：發現自己的不足。內心五味雜陳，滿滿的標籤都是疑惑的痕跡、無知的證明……正因為有這些實際操作與深刻反省，才讓我又更成長了。

尤以當我整理程元敏老師手寫的文稿時，才發覺作者與作品之間的情感，竟是如此讓人感動，發自內心的虔誠。

大體言之，編輯實務的相關事宜；進口出口的圖書書籍；職場體驗的進退得宜；人際關係的深刻互動；出版產業的傳統與創新；行銷手法的改變與發現等等諸如此類的活動經驗，皆是今年暑假，萬卷樓予我的。

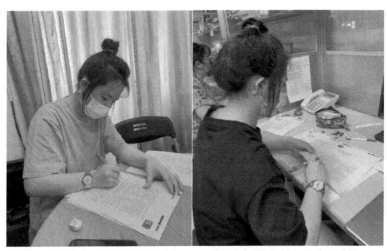

真理大學台文系系刊校稿　　　真理大學台文系系刊對紅

作者簡介

許倩蓉，桃園人，現為元智大學中國語文學系的學生。喜愛
自己獨處，一個人也能四處走走；熱愛練字寫字；喜歡閱讀
古文，對字的形音義有極大的興趣與熱情。會特別在一成不
變中找尋新事物，嘗試之，也挑戰之，像是我參與過第二十
二屆元智文學獎的工作團隊、在補習班打工、大學亦修習許
多課程，其中發生的事件，在奠基的同時更推動我前進。只
要能成長學習，我都很樂意去體驗，彌補自身不足。也常因
生活中的微小事物而產生敬佩與感動，是個感性的人。文字
牽動靈魂往往是一瞬間的事，有人則須花費長時間去尋找。
在此次的實習中，恰好幸運地抓住了那份感動。

萬卷樓予我的航標
——書籍從出生到安放

陳宣伊
國立東華大學中國語文學系

一　緣起及前言

　　喜愛閱讀的你我，不論是文學作品或是輕小說，是否都曾有過這樣的願望，希望總有一天可以到造就出一本本好看的書籍的出生地，想要探知書籍是如何在作者、編輯的手中一步步成為後來輾轉於讀者之間的暢銷書籍的呢？又或者當你在閱讀一行行文字時，正在文字構築成的理想世界中徜徉，將要與內容融為一體之時，突然出現錯字，把你拖曳出虛擬的世界中，開始執著於眼前的錯字，甚至這樣的狀況不只一兩次，讓你幾近抓狂；甚至疑惑為什麼如此簡單的錯字，在校稿的時候卻沒有找到呢？抑或是文章的內容或寫法連你身為讀者都能看出不對勁，但作者跟編輯為什麼都沒有改正或修飾呢？

　　以上種種的疑惑我都有，於是在暑假時，我放棄七、八月的美好假期，決心來到我心目中的聖地，一解縈繞我心中十數年的疑惑，用我的雙眼來一探出版業的奧秘。

二　編輯實務：書籍出生的前置作業

　　在萬卷樓實習期間，承蒙晏瑞老師的信任，把五本書的工作交予我負責，分別是《世新新詩葉》、《語文教學一把罩》、《一顆星子，這樣仰望星系》、《他，喚醒太陽》、《中國特色話語：陳安論國際經濟法學》。經過編輯這幾本書，知道這之間必須的流程，並且一次又一次地重複實作，讓自己的印象更深刻，也使我更加熟練。

　　一本書製程可略分為七個部分：一、資料填寫，二、排版，三、申請書號，四、校稿，五、對紅，六、出版，七、出錯如何善後，以下將分項說明我在其中學到的具體過程跟注意事項。

（一）收到稿件——填寫資料

　　開始編輯書籍前需要填寫幾張資料，大致是作者資料表、書籍資料表以及預估工作流程單。前二者會在作者將稿件交來的同時，請他協助填寫；後者需要我們自行填寫，而這張資料表的部分基本資料都會從前兩張中獲取，比如說作者和書名。每本書都有它歸屬的書系，於是在編輯的過程

中會決定書系，就要依照書系資料表的分類來訂立，編號之後要去系統輸入號碼，告知其他人這個編號已被使用，以免後續重複使用。除此之外，還需要預估各個階段會用到的時間，藉由這樣瞭解各項進度及結束時間，並且如果可以就盡量壓縮時間間距，使日程縮短。

編輯的整個過程中，整理信件往來是一件很重要的事情，要把重要的信件影印出來，與稿件和資料表放在一起，我們才知道是否有處理，並且瞭解目前處理到哪個部分。

（二）排版

我經手的這幾本書，排版基本都委託給廠商製作，於是與排版商的來回溝通，就成為不可或缺的一環。

與排版商的往來以郵件為主，因此用語就變得極為重要。要學習如何在一封信中，用簡短的話語把事情交代清楚，若是長篇大論，收信者在閱讀時就會漏掉事情，甚至不想看；還要提供必要的資料，避免東缺西漏。

藉由這樣的流程，知道隨時跟進進度的重要性，並且必須向對方訂定回稿的時間。若是一直未收到回覆，而你又沒有詢問或打電話催促，豈不是要等到天荒地老？編輯過幾本書，真切感受到不催促就不會有後文的窘況，常常在詢問後，廠商才回報目前的進度。

編輯作業的每個節點都是有流程，封面設計也不例外。收到圖檔當下，看到不對的地方不是立刻請他修改，找到一處就改一次；而是先將設計稿交由作者過目，再把需要修改地方整理好才請別人改，避免頻繁來回更改小錯誤。

這樣的程序走了幾遍下來，認知排版並不僅是把作者交來的文稿轉寄給排版商就好，還有一些必須要做的事前工作，比如整理目錄。最重要的一點是要事先詢問排版價錢，否則全部做完之後，突然報一個天價出來就糟糕了。

（三）申請書號

申請書號使用線上申請，總共需要準備四份資料，分別是書名頁、目次頁、部分內容或序文、版權頁。部分內容或序文是要讓國家圖書館知道這本書大概的內容。

實習期間，總共申請了三本書的書號，第一本是由公司前輩申請，我在旁邊觀摩、學習，但剩下兩本是自己申請，所以途中很害怕有哪些地方沒做好導致被退件，需要再重新跑流程。還好公司的前輩耐心地幫我解答疑惑，並告訴我如果在全部送出之後才發現有錯誤的話，不需要緊張，可以在查詢進度的搜尋欄搜尋那本書，再修改相關資料。

原則上流程要大約一週的時間，不過，令人開心的是，申請的這三本書流程走得很快，約莫兩三天就有書號了。

（四）校稿

校稿基本上會有三次，分為一校、二校、三校。

首先拿到稿件的全書排版後，不要急著改動錯誤，而是要先翻閱整本書，掌握大方向，細小的錯誤之後再一一標示出來。一校會是改動程度最大的一個版本，主要確認的是大略格式問題、潤稿、錯字以及標點符號；格式問題，如單行成頁或單句成行等情況。而晏瑞老師也向我展現編輯是如何潤稿，因為萬卷樓有出口大陸的業務，因此有些兩岸之間的用詞要稍微注意，例如「全國」這個詞彙，大陸可能就不能接受，就需要稍作替換；也要稍微去掉引起紛爭的段落，但不可喪失原意，並且要經過作者首肯。

二校跟三校所涉及到的內容是下個主題「對紅」會詳細說明的，但二者皆要留意的是，更動的部分要越來越少，不要去一個一個字地摳字眼。

（五）對紅

二校跟三校都需要對紅，要留意的是，對紅不只要確認一校或二校標注的地方是否有更改，其他也要檢查，以防有之前校對時未注意到的情況。需要核對目錄頁的篇名是否跟內頁的一致，若有差別的話就以內頁標題為主；有說明「通改」之處很容易漏失，因為在校稿的時候並不會全部標示出來，對紅時就要把沒有改到的地方抓出來。

（六）出版

當以上都確認無誤之後，向排版商提供版權頁，內容包括書號跟 CIP，定稿之後就會產生樣書。經過再次檢查，稱為「點檢」，確認詳細資料都正確，就通知印刷。

（七）後續出錯的善後和代價

書籍出版，偶爾會有已經印好才發現疏漏的情況，但又不能說再重新印，於是這部分工作是要修正錯誤，學習善後並彌補疏失。全部修改完後要寄回去給作者，這樣光來回運費就花了快一萬元，不只有人力損失還有金錢損失。

三　書籍安放之處：國家圖書館之旅

在實習期間，有幸能夠參與萬卷樓各個部門的業務，其中使我雀躍的是可以去到臺北的國家圖書館協助書籍上架的事宜。並且國家圖書館作為萬卷樓很大一筆訂單的來源，每次整理、分類、清點都讓我精疲力盡、口乾舌燥，於是我認為它算是作為書籍安家的去處之一。

到達國家圖書館後，公司的前輩稍微介紹了一下國圖的分布位置，沒想到國圖的行政區跟讀者區中間是沒有相連的，如果要去另外一棟，就只能從另一棟大樓的門進去。

接下來是國家圖書館書籍上架流程。首先要依照箱子

箱號順序拆箱，再來根據書上所夾的小白條數字，依序排在書車上；最後是清點。書籍全部上書車後，會有一張要貼在書車上的單子，上面需要寫上每一輛書車編號、該排書本序號幾到幾，及那一排總共有幾本書，不論是否為套書都要計算本數。確認書車六排各自數量後，把它們加總起來，並總和數量。確認數量沒有問題後，開始核對書籍資料，需核對細項如下：序號、作者、出版社、ISBN 及書名。

值得一提的是，排書時出現中間跳號，甚至直接從四百多跳到六百多的，會有這樣的狀況是因為標案資金不一定能購買完書單上的書，到後面會以購買完全套套書為主。

四　職場的叮嚀

實習過程中，很幸運能以學生身分，學習、體驗職場的面貌，懂得應對進退。晏瑞老師也透過平均一週一次的課堂和日常相處中，對我們的一些錯誤回應並指正，不僅如此，晏瑞老師還會讓我們設身處地，站在老闆的角度去思考，詢問我們當身為老闆遇到這樣的事情會有怎樣的心理活動，來讓我們理解；還會舉親身經歷的例子讓我們感受。將晏瑞老師的處處叮嚀大概分成了六個主題來一一介紹。分項如下：一、面試的技巧，二、職場小白，三、應對進退，四、如何接電話，五、履歷，六、書寫工作紀錄。

（一）面試的技巧

當在職場面試時，如果對這個職缺十分心動及渴求，當被詢問到取決面試結果的一些問題時，可以適當的撒點小謊，比如說問到居住地，就要說會在附近找房子，因為會詢問就代表他在意這一點，會考慮若之後有因公耽誤的狀況發生，回到家的時間可能就會很晚；以及長久下來是否能堅持這麼長的通勤時間、是否能維持精神狀況。經過這樣的說明，才瞭解面試的眉角，若是晏瑞老師沒說，我根本不會去想到這些問題背後隱含的意義。

（二）職場小白

這個部分的指導我受益良多，樁樁件件都是無法在學校接觸、學習的，淺舉兩個實例詳細闡述。

在學校每當要詢問老師或教授正經的問題，就會使用電子郵件溝通，顯得較為莊重跟禮貌，但副本這項功能是從來沒用過的。工作初期，我並沒有留意需要將副本給上司，於是晏瑞老師藉此說明若在承辦工作時沒把副本給上司，後續會有哪些情況發生，例如上司不知道進度，也不知道你是否有出錯，他就無法掌握現況以及下一步要如何走。

此外，在編輯作業中我曾被指正過，需要事先與老師討論之後才動作。晏瑞老師提醒，因為當時排版還未提供詳細資料，有些地方需要再更改，作者如果先看了還未修改的

文稿，確定他就要這樣，之後要改就會比較麻煩，所以在做任何事情前都要詢問。

（三）應對進退

晏瑞老師透過我們在平日相處中的言行及反應做出了一些指導，例如：打招呼，不要一邊埋首做自己的事，要注視對方並回應，當有客人來的時候也同樣，並且舉例了之前晏瑞老師在北京時，被當地出版社的職員打招呼時的情景，以這樣的例子詢問我們的感受。

另外，回家時的舉止要沉穩，不要表現得歡天喜地。而有問題時提出是一件好事，但不要讓你的緊張影響問問題的狀況，造成壓力，要選擇說話的方式，並保持禮貌。

很多下意識的行為都是無意間的，可能我們沒有意識到這樣不行，可是在上級看來就是沒有禮貌的行為，總不能要求上級還要為你設身處地著想。

（四）如何接電話

晏瑞老師每一次的提醒都會有例證，這部分也不例外。晏瑞老師之前有遇過辦公室的同仁於下班時間接到老闆要找晏瑞老師的電話，明明可以如實說明目前晏瑞老師已經回家，偏偏說開會，讓老闆非常疑惑；明明上廁所就上廁所，偏偏要鉅細靡遺，甚至還有遺忘要轉達的。經過一連串

凸槌的事情之後，晏瑞老師直接打了一張有關電話禮儀的單子，供編輯部的同事們參照。

我在公司的日子裡，將單子上的一些基本禮貌用於電話對談中，也學到了公司的電話內外線要如何撥打。

（五）履歷

晏瑞老師提供表格及範本供大家自行更改，並且說履歷需要隨時更新。晏瑞老師對於履歷的想法，是這樣說的：「只要你有成就感的都可以寫上去，當你看到就會變得有信心。久而久之，越作越多，現在過去看以前的成就，就好像不是如此必要寫於履歷上。」雖然是晏瑞老師自己的想法，但我深感贊同並且心有戚戚焉。

（六）書寫工作紀錄

有一天下班前，晏瑞老師突然問我早上做了什麼，但那天做的事情很多，對工作的先後順序記得不是很清楚，於是我無法回答。

藉由這樣，晏瑞老師告訴我，每天可以記一下哪個時段做了什麼事，間隔約為三十分鐘，以確保有檔案，在別人問的時候可以答得出來，也可以當作證據。

五　心得、感悟及收穫

　　一開始來萬卷樓，只懷抱著對出版行業的憧憬，對其淺薄的印象就只有編輯部門，而報名參與實習活動是想實際看看，不想它只存在於幻想裡，也可以探究出版社這個出路我究竟是否瞭解，以及我在經歷一連串實務後是否還對出版業感興趣。

　　因為之前對於出版業的幻想是基於憧憬和道聽塗說而成形的，必然有某些東西確確實實不同；也一定和網路上蜻蜓點水介紹有相異或缺失細節之處，希望能在這兩個月之中真切地去感受這個環境。讓我下定決心還有一個要點是，很多人都和我說過，在自己還是學生的時候就去體驗職場，在你還有學生身分的時候，會有人教你什麼應該做，什麼不應該做，等到變成菜鳥之後誰還有閒撥空教導你。

　　對萬卷樓的初認知是只有編輯部，等實際到達之後，才發現不是如此。經過梁先生和晏瑞老師介紹才瞭解到萬卷樓的歷史，而萬卷樓也有對外營銷的部分，除了門市外，還有對大陸出口的業務。

　　在短短一兩週的時間內，經由輪流參與每個部門的工作，瞭解萬卷樓實際的經營模式。而著手處理四本書的過程中，知道了編輯的工作不是那麼簡單，印象也刷新了很多；

編輯不是每天都在校稿而已，還需要跟作者、廠商信件來往，作為兩方之間的橋樑。並且《世新新詩葉》的作者及書籍介紹是由我構思書寫，藉此我體認到，以前作為讀者對於書背上的書籍簡介，總覺得哪都不滿意的想法是很膚淺的，等自己開始寫之後，才發現沒有這麼容易。真的是「事非經過不知難」。

在兩個月的實習中，獲得了很多技能和體悟，且 Word 跟 Excel 在使用上比以前來得順手、熟練。

隨身攜帶一個小筆記本是一件很重要的事情，以便可以隨時記錄晏瑞老師交代的事情。因為有時會一次交代很多事，如果只單純用記憶來記的話就很容易會漏掉，或是根本不記得，之後跑去確認，晏瑞老師就得再重複一次。

在處理書籍善後的事項上，體認到在書籍出版的過程中每一塊都不容疏忽。在書還沒印行前都還能挽回，但書籍在印行後才發現做錯，就會導致後面一連串的麻煩，需要耗費人力處理，還會有金錢、時間損失。

在與排版商的往來中瞭解到，編輯不僅是作為三方的溝通橋樑，協力書籍的出版，許多事情也要一直跟進，一件事情處理完之後，就要開始下一步的動作。剛開始學了要如何寫信，之後需要的就不僅僅是信件的禮貌用語，還要利用短短的信件去拜託別人。

　　在封面設計上，講解了延伸設計和全新設計的不同。除了樣式及耗費心力的程度外，價錢也會有顯著的差別。

　　在實習日常點滴摻雜老師的教誨裡，真正知道了當脫離學生身分，成為職場菜鳥之後，別人不會提醒的潛規則。如同晏瑞老師說的一樣，當你踏入職場後，別人不高興或者不滿都是藏在心中，不會有人和你說，可能就默默地被別人討厭了。職場的這些隱形規則，也是我想來參加實習的原因之一，因為學生能夠藉由學習來改正。

　　除了職場的應對進退之外，信件撰寫也是在萬卷樓學習到很多的部分。之前在學校有上過應用文及習作，但因在學校實在不常用到且規則太多條條框框，讓我光是應付考試就筋疲力盡，於是便沒有心力再去記憶。直到這個暑假在萬卷樓實習，這個技能才有了用武之處。因萬卷樓主要以郵件往來，因此該有的一些問候語必須具備，晏瑞老師為我們整理出一些在使用上的規則，聽完之後，這些必需的寒暄真的沒有想像中的那麼難，而且實際地使用真的比在課堂中紙上談兵學的容易記憶以及上手。

　　經過兩個月的實習，徹底在我心中形塑出一個真實的出版社，萬卷樓的印象從編輯部門轉變為一個麻雀雖小，五臟俱全的公司；也獲得了許多技能，比如說合併檔案和編輯工具，而這些成為了帶得走的工具；對編輯的工作內容也有更深刻的認知，不是每天都在劈哩啪啦打字。

在每日的學習下，已經大致熟悉編輯部的業務，能夠知道要做什麼。踏出了舒適圈面對到職場生活，也在各位前輩的照顧下——以學習的方式認識，經過了實戰、體驗真正的職場。經歷這兩個月朝九晚六的生活，我才真切體認到母親每天下班後還要煮飯的辛勞。

雖然比起實習一個月的人，不論從心理上或生理上都相對疲憊很多，但我也因此能完完整整參與到製成一本書，不僅如此，還可以熟知各部門運作。總的來說，萬卷樓的實習，我所獲得的比我想像中還多，甚至超乎於本職以外，還有許許多多技能和叮嚀。我認識了出版社，但卻沒有消磨我的興趣及熱情，未來也希望能踏入這個行業。

六　結語

謝謝萬卷樓跟校方給我這樣的機會，讓我能夠一窺出版業真實面貌。梁先生與晏瑞老師都給予我們很大的鼓勵，雖然梁先生一直提起不會給我們過多的優待或苛責，會把我們當作正職員工看待，但我認為這恰恰是一個認可，使我覺得很榮幸；也感謝晏瑞老師在這段時間給予我們的協助，手把手地教導讓我心裡很踏實，晏瑞老師還透過舉例的方式讓每一次的叮嚀都栩栩如生了起來，並且作為我們背後的靠山，讓我們能無所畏懼向前衝。

　　也感謝十位實習生的協助，在兩個月中我們完成了很多東西，雖然很累但心裡很滿足。一改過去假期的頹廢，以職場體驗豐富了我整個暑假、實踐出真知。

協助《藝采台文》對紅　　　於國家圖書館協助書籍上架

作者簡介

陳宣伊，高雄人，二〇〇一年生，現為國立東華大學中國語文學系學生。喜歡筆者透過文字構築出的奇妙世界，帶給我數不盡的快樂；也多次解救我於低潮之中，重新有了向前的動力，因此熱愛閱讀。擅長文字書寫。在萬卷樓實習並瞭解後，以編輯為就業目標，希望所學能為所用，以我所愛成為我未來安身立命的飯碗。期望能夠藉由出版業的力量與知識傳播，讓一本本好書能夠流傳於全世界，使所有人領略到文字的美妙。

飛越萬卷樓的實習之旅

陳思霈
真理大學台灣文學系

一　前言

　　正式進入萬卷樓實習前，經由張晏瑞老師兩個學期的圖書出版相關課程，而對此有了初步的認識，更是激起我對出版產業深入瞭解的渴望，於是畢業專題選擇到萬卷樓實習，並且請晏瑞老師作為專題的指導老師。

　　七月的盛夏，終於踏入萬卷樓，開始為期一個月的職場生活，除了瞭解職場倫理及環境外，此篇心得也記錄下實習期間的所思所感所學，內容著重對於出版產業的看法及萬卷樓的業務實作、編輯校對之工作內容。

二　實習心得

（一）萬卷叢中萬卷樓

　　萬卷樓，位於古亭捷運站六號出口旁的一棟大樓中，

六樓是業務部，編輯部門則是在九樓，兩個部門的空間與走道都不大，卻有滿櫃的書籍，站在走道上看著滿布的書籍有種被書海環繞的感覺，名符其實地置身萬卷叢中。

在實習的第一天，晏瑞老師召集所有實習夥伴至會議室中，輪流自我介紹，互相認識彼此後，梁總經理及晏瑞老師為我們的實習活動進行始業式，大致介紹、說明工作環境與臺灣、萬卷樓的出版產業現況、未來走向，以及在這一個月的實習期間內完成《藝采台文系刊》的所有主題、專欄、稿件徵集。

（二）體力與眼力的發揮——業務實作

第一週的工作被分配至業務部門，協助將多箱學術書籍分類、整理後，使用電腦進行書目建檔，將每本書翻至版權頁，對照後輸入書名、作者、出版社、定價等相關資訊，並且拍下書名及書況。

在工作的過程中，有詢問部門的同事，為何要這樣整理、建檔，他說這是大學教授閒置的書籍，因已鑽研、閱讀完畢，於是委託萬卷樓代為處理，而這些學術書依然有市場價值，因此需要保存下來放至倉庫，經整理後有機會再找到下一個市場與受眾。

將書籍分類整理後建檔後多了一個步驟：將書籍裝箱後標號，並且在檔案上標示箱號。過程也有再次詢問部門同

事為何要標示箱號？因後續才能快速地找出購買人所要的書籍，進而有效率地完成交易。

另外為何要拍下書名、書況？其實也是一個很簡單的道理，在網路進行交易時，最需要的就是商品的名稱及狀況，這是消費者進行判斷最直觀的依據，所以有影像的紀錄才是一個商品的完整資訊。

剛開始的建檔工作著實疲累，眼睛也非常痠澀，因為書籍多、箱數多且沉重，搬運及裝箱過程是耗費體力的，且長時間盯著電腦，又是初次接觸，於是格外勞累。

逐漸熟悉建檔工作後，也更清楚該如何安排流程，使工作過程快速、流暢；對 Excel 的使用也更為瞭解、熟練；身體與眼睛的不適也減緩許多。

（三）其他建檔工作──業務實作

分工處理完大學教授的書籍後，新的工作緊接在後，分別將歷史博物館委託萬卷樓販賣的書籍進貨單建檔，及萬卷樓販售至國家圖書館的書籍估價單建檔。同樣是建檔，所以與書目建檔相差無幾，但書目建檔是所有流程的第一步驟，一旦出了差錯，後續的進貨、估價都可能有所紕漏，所以每個建檔工作都是環環相扣，須謹慎細心。

此外，還有一項關於新書目的建檔作業，工作內容是

每個月上網搜尋中央研究院的各處所所發表的學術研究書籍或刊物，建於新書目檔案中。子筠姊向我講解工作內容時，說明新書目的建檔主要是供大陸人參考、選購，我不禁有了疑問，為何大陸人民不自行上網搜尋呢？但又隨即想到大陸須使用破解網路審查或封鎖的軟體，方能瀏覽其他地區的網站，因此才有新書目統整這樣體貼、方便的捷徑，而萬卷樓作為一個中繼站的角色，也可從中接觸更多客源、獲取利潤。

（四）額外的課輔時間

在工作期間，晏瑞老師撥空為我們上了一課，外加請各位實習同學分享這幾天以來的工作心得。

晏瑞老師在課堂中提及大陸人所購買的臺灣學術書約占六成，大眾性質的市場書則是四成，這讓我有些意外，但經由晏瑞老師的說明後，便理解了。

原因是由於大陸人口眾多，已有基數大的前提下，加上兩岸學者的學術研究角度不盡相同，基於想要瞭解、觀察臺灣不同於大陸的各方面學術研究，於是促使學術書的消費往來更為頻繁、密切，而萬卷樓又是以學術書籍為主要出版品，因此更要抓緊大陸對臺灣學術書的市場需求。

此外，當今的網路時代，世界各地及臺灣的市場書具流行性，大陸當地自然會有出版社買下版權出版，且大陸的

市場書定價也較為便宜，相對之下，對於購買臺灣市場書的需求並不高。

晏瑞老師也時常提及「長尾理論」，意思是客群不多但種類、數量眾多的小眾商品，加總後的收益超過主流商品的現象。而萬卷樓皆以學術書這樣的小眾商品為主，當然必須套用這個理論進行行銷，才得以獲得最大利益。

經過此次的課輔及工作分配後，更能體會到書的價值是無限且循環的，市場開拓更要多元發展，與時俱進的同時，將書的價值發揮至最大化。

（五）初使的行銷媒介——編輯實作

第二週的工作分配至編輯部，由同事協助教導微信公眾號的貼文排版製作，並給我與育暄各十五篇公眾號貼文作為實務作業，貼文內容皆是推薦、介紹萬卷樓出版的書籍及購買資訊。

製作公眾號貼文所使用的工具為「秀米」這個網站，是專為製作微信貼文的排版工具，雖是第一次接觸，但介面清晰簡單，操作起來並不困難，只是進行排版時，有些細節要再注意，畢竟是要上傳至公共平臺的資訊，所以要格外細心。基本上也沒有較新穎的功能可以使用，頂多改字體顏色，整體而言還是美觀的。

　　製作公眾號貼文時，也感受到當網路社群小編的樂趣，或許相較於活潑多變又多元的廣告業、新聞業等多媒體平臺，編撰萬卷樓的貼文可能會較制式、嚴謹，但這都是經驗的汲取，也讓我對這份工作有了初步的瞭解。

（六）腦力與眼力的發揮──編輯實作

　　第三週開始討論、發想系刊主題及專欄，並參考以往系刊的內容，但不能再重複主題，於是眾人設想了無數個提案卻又一一否決。

　　系刊的策畫與時間遠比想像中困難及緊湊，在剩下兩個禮拜的實習期間內要完成所有系刊企畫及稿件徵集，對於要編輯系刊的實習夥伴們而言是一件極限運動，且要考慮到臨時向同學、學弟妹、學長姊，甚至向老師邀稿時，對方不見得有時間、有意願提供稿件，所以要篩選容易取得作品的主題，晏瑞老師也一再強調有現稿為佳。

　　訂定完系刊主題及專欄後，徵集稿件的過程，由於大多是同班同學提供，一度認為這次系刊，恐怕會變成我們的班刊，所幸有其他年級的現有作品，平衡了系刊內容。系刊攸關系上事務，更要考慮到整體性的問題，若變成班刊，便無法展示出系上多方面向的聲音及作品。

　　實習來到最後一週，也是大量校稿的一週，著重修飾語句通順與否、有無冗言贅字、標點是否正確。也透過系刊

策畫，從中體會到出版企劃及編輯校稿，從無到有的辛苦與不易。在這過程中也發現稿件品質參差不齊，但我認為這是必然的，畢竟在如此短暫的時間內要集結大量優秀作品，並不是件容易的事，如有更多的時間讓我們策劃，我認為其中的遺憾與不足會減少許多，所以在這樣先天無法彌補的缺憾下，我們在篩選稿件、潤稿、校對這部分會更加注意、專注，盡可能地完善作品、兼顧系刊品質。

（七）意外邂逅——大陸學者古遠清老師訪談

古遠清教授的研究方向為臺港文學，因此撰寫了許多臺灣文學相關的書籍，皆是由萬卷樓所出版，教授在訪談中也提及：「此岸有黃鶴樓，彼岸有萬卷樓。」由此可見，教授與萬卷樓之間的關係十分密切且融洽。

而此次訪談是透過視訊進行，主要訪問者是一位實習夥伴——侑珊，她雖是英美語文系的學生，卻十分熱衷於研究臺灣文學，也有意往研究者發展，於是在梁總經理與晏瑞老師的幫助下，促成了在萬卷樓第一次由實習生舉辦一場兩岸之間的學術交流。

在此之前，我並不知道古遠清教授是何許人，於是在訪談前，侑珊時常向我們科普教授的相關資訊，更是從教授的書中擷取一些重點精華，讓其餘夥伴閱讀後分享觀點，讓我們在訪談前有所準備，對教授更加瞭解。

　　訪談過程中，每位實習夥伴皆有向古遠清教授提問，其實教授的立場並不偏頗，甚至認為臺灣文學是該存在的，於是原本想將古遠清教授的訪談內容，做為一個小專欄納入系刊，但考慮到意識形態的問題，加上兩岸的關係、政治立場依舊曖昧、緊張，且有系上老師指出，在台文系刊上放上大陸學者所撰寫的臺灣文學內容，恐怕不太妥當，為避免紛爭，於是作罷。但我認為，學術間的交流，本不該被某種形態或性質桎梏，相互傾聽、切磋、尊重、理解才能回歸到最純粹的文學本質。

三　個人淺見──出版產業

　　透過以往的出版相關課程與萬卷樓的實習過程，便能明白臺灣的出版產業是處於劣勢的狀態，因受眾及市場的縮減、資金的缺乏、人力的萎縮外流、電子數位化的浪潮、獨立書店的消亡……等等的原因，皆是使出版業在市場中舉步維艱的因素。

　　以臺灣出業界而言，在這重重的阻礙、困境中仍為出版業盡心盡力的人，我想更多的是因為熱忱吧！也因為臺灣的出版市場越來越小，最後仍選擇留下的或許都是「去蕪存菁」後的人才，他們的視野更開闊、思想更深入成熟、能力更別出心裁，才能完整且精準地剖析、規劃臺灣出版界的未來發展。

　　隨著時代的變遷，很多時候前人的思想或作法已不適用當今，於是總要有轉型及引進新的人事時地物，才能開創出更多的可能來激發出不一樣的新思路，所以不斷創新是每個產業都可能要面對或不得不面對的事情，尤其在這時代變遷如此快速的網路、數位時代，更要有新技術、新媒介的輔佐，才能有更好、更寬廣的發展空間。

　　晏瑞老師在以往的課堂中提及「自己就是最好的出版社。」在早期那樣網路資訊匱乏的年代，一個素人若想成為作家，無非就是投稿至報章雜誌社或出版社，還無法保證投稿內容能刊登上去，創作內容的能見度相對不高。

　　若以現在而言，只要有社群帳號，如：FB、Instagram、Twitter 等平臺，想發表什麼樣的創作，都由自己主宰，再加上有其他個人語意發展的興起，而有了 POPO 原創市集、鏡文學等的創作平臺，提供創作者爭取嶄露頭角的機會，這正是一個從傳統產業隨著時代創新後的新階段、新思路。

　　網路時代的發達，早已有許多人有在網路上發表文章的習慣，若文章、文筆內容不差，傳遞一個新的思想或話題，或是容易累積起粉絲量及作品量的，此時可能會有出版社主動找上這樣的作家，主打著「網路新星作家」等諸如此類的名號，出版他的作品或產品，再加上社群自帶的流量，於是在行銷及討論度方面更是如虎添翼。

　　這樣的作家或出版品便可能是具有「紫牛特質」的產品，放在普羅大眾顯得特別，受眾群體也不大，卻成功帶起一波話題，即使這波討論並不長遠，所以必須不斷推陳出新。我認為也可使看見紫牛特質的民眾，嘗試著去創作，不管是文字創作或是影片創作，只要足夠特別、用心，都是值得行銷出去的。

　　科技的日新月異也促成了數位典藏與數位出版的技術興起，數位典藏如同字面意思，將具有保存意義及價值的各種形式之資料或資訊，透過攝影或以文字輸入，進行數位建檔，以便收藏；數位出版則是將典藏內容出版成電子書或其他線上瀏覽的方式。

　　個人認為是基於為了獲取更多曝光量與可見度，於是透過線上瀏覽或電子書的方式，進入更多民眾的視野，也利於民眾更方便地得到資訊以及知識，畢竟閱讀的風氣正在改變，早已不似以往的紙本閱讀，所以數位典藏到數位出版更像是一個「大眾化」的表現。

　　這也讓我對於那些貢獻數位技術或平臺的專家更加敬佩，有精彩豐富的內容、永續經營且成熟的平臺及裝置，才能構成數位出版蓬勃發展的條件；而出版業順應時代做出更多轉型，發展更多出版業新興、多元、豐富的可能性。

四　結語

時光荏苒，一個月的實習生活結束了，感謝萬卷樓給予此次的實習機會，親自體驗職場生活的同時，職場上的基本倫理、待人處事更是獲益良多，對出版產業的現況及未來發展、業務與編輯的工作內容也有更深層的瞭解。

實習初期，總是抱著期待又忐忑的心情，期待接下來將會進行何種工作，卻又深怕出了差錯，導致工作停擺，所幸公司裡的每位同事前輩都很清楚地告知該怎麼操作，遇到問題也會不厭其煩地停下手邊工作，為我們解答，所以我擔心的狀況並沒有發生。

在實習尾聲，梁總經理與晏瑞老師為我們舉行結業式，並頒發實習證書。另外，在最後的檢討會議中，晏瑞老師也分別指出所有實習生的不足之處，所謂良藥苦口，也知曉晏瑞老師希望我們在未來的職場上能有所收穫，成為更好的人，所以我不認為這是公開處刑，也不覺得難堪，反而直接了當又清楚地點出，能讓彼此互相檢視、勉勵，並且反思、更正補足不當或不足的缺失，晏瑞老師的諄諄教誨也會銘記於心，我相信這是一輩子受用的觀念。

使用 Excel 建檔各項工作　　　討論系刊主題及校對稿件

作者簡介

陳思霈，臺中人，二〇〇〇生，現為真理大學台文系四年級。家庭由三代同堂及兩隻貓咪構成，經營傳統理髮廳事業。興趣是閱讀、唱歌，偶爾創作。另對影片剪輯略有興趣，目前正自行學習、摸索中。最喜歡的一句話出自泰戈爾詩集《愛者之貽》中的〈渡〉：「你的負擔將變成禮物，你受的苦將照亮你的路。」感到焦慮或壓力過大時，以這句話提醒自己，只要堅持下去、努力不懈，終有一天能苦盡甘來。

從初心到起步
──萬卷樓的編輯與業務之旅

曾靖舜
元智大學中國語文學系

一 前言

出版社對我而言一直是帶有神祕,甚至浪漫的工作,對其每天與文字為伍的工作性質莫名嚮往,但這僅限於實習之前。

經由晏瑞老師一步步帶我們實際瞭解出版社在當今社會的發展現況,以及編輯部的前輩手把手地指導各個不同的工作面向,又或是親自參與倉庫的業務活動後,我對於整個出版產業有了更加深入的認識,並學習了許多執行編輯時應具備的基礎知識,還對倉庫的基本運營與出貨書籍的流程有了基本的概念。隨著工作範圍的延伸與擴大,我們對於出版產業的認識不再只停留於美好的想像,同時與其真實及本質更加貼近。

二　編輯部的大小事

（一）問，就對了！

　　整理《鍾應梅教授論著知見錄》算是我來實習後第一個接觸到的工作，其內容大概是要把作者提供的稿子進行項目與資料的分類。剛開始聽完講解還以為是一份輕鬆的差事、能夠輕鬆上手，因為大致上要做的只是複製貼上，接著再套用範例格式即可完成。結果在這當中常常會遇上講解時沒有碰到的問題，有些複雜的狀況需要以特別的方式去處理，並非全部都有一個處理的準則。

　　不過，比較內向的個性，其實讓我在一開始碰到問題時，都有點糾結到底要不要主動去詢問，還是說想辦法自己處理。如果在學校，可能就會埋著頭皮硬幹，不向人求助；但這是在工作場合，若我的成品是錯誤的，不但要浪費別人重新教導我的時間，還可能會延後整體的工作進度。因此我決定，遇到問題時，問，就對了！將成品完整度做到最好才是當務之急。

　　經歷了兩三天不斷地整理出問題、發問、再度修正之後，我才知道原來處理一個稿子要注重的細節是如此之多，除此之外還要一併掌握分類的邏輯與條理，而這對於初學者而言，更是要從許多地方歸納出一個「問題可能會如何解決」的方向，才能更有效率地完成工作。

最後進入統整的階段，我們要把其他人整理好的東西，按修改方針修正。這時我才意會到原來一份工作並非處理好自己的部分就可以撒手不管，而是要在多方的配合下不斷達成更好的版本，事實上自己做完的東西也不可能完全正確，因此經由他人的校稿發現其錯誤之處也是必要的一環。

雖然有了第一次處理自己部分的經驗，但不同人處理過一遍的稿子，還是有個人的痕跡與不一樣的問題。在相互對比與反覆討論，並向欣安姊再度確認後，總算釐清了問題癥結點，還再度熟悉一遍處理稿子的方式，將這項工作告了一個段落。

（二）編輯就像是廣告業者？

因為先前有處理過真理大學校刊的校稿與對紅，我對於上面對紅的痕跡與其他校稿人員常用的記錄方式，大致上已經熟悉的差不多了。

幾天後我又被指派到要負責《新編中國文學發展史略》的二次對紅工作，原本以為有過類似的對紅經驗能夠完成得很快，結果還是花費了不少時間，雖然這是一份稿子的收尾動作，不像是前幾個步驟要來回校稿、甚至要與作者討論，但依然不能掉以輕心，得保持好細心與耐心的態度面對。

做完這份稿子的對紅之後，晏瑞老師開始教導我如何去做書籍資料表的填寫與確認。首先要確認書名，像是這部作

品的書名就在多次的信件往返與稿件修改之下，多出了好幾個不同版本。雖然都只有幾個字的差異，不過目前還是以二次校稿後的書名為準，不然就得與作者再度核對。

接著是作者與主編，若該書是由很多人編輯而成的，那麼在封面上除了作者之外，還會有一個主編的名字。而開本的部分，本書的開本大小是十八開，也就是十七乘以二十三公分，這也是萬卷樓出版的書中最為常用的尺寸。

書本會因開本的大小不同，而有尺寸上的差異，再小一點大概是二十五開，若再大一點如雜誌的大小，那大概就是十六開。而裝訂則是要確定書本是平裝或是精裝，兩者不可混為一談，因為這會牽扯到申請書號時的申請項目與否。

此外，本書的平裝是採用膠裝與穿線的形式。這些項目確認的重要性應該與校稿一樣，但其反覆核對的次數卻應該不會與之相同，因此最好是一次就檢查出有無紕漏，以免造成難以回復的誤差與缺失。

而書系與內部書號的部分，則是要依照書籍的種類去做查詢與編排。由於該書是屬於文學史研究類的書，因此它的號碼是 0802。不過它的後續號碼還是得做排序，以免日後出書時重複編號，所以要在資料庫裡找到 0802，看這個系列已經出過幾本書了，才能決定此書編號。剛好文學史研究類的項目只出過一本書，因此本書的編號就依序排列，成為了

0802002。而內部書號與國際書號的不同之處在於，內部書號是萬卷樓出版社自己所記錄的號碼，跟國際書號 ISBN 有著不同的序列。通常印在封底、用作刷取條碼的是 ISBN，而內部書號則大多印在版權頁上。

接下來是作者簡介，由於該部分會放在書本的封面折口，因此其篇幅最好不要太長。這時編輯要做的就是把作者所提供的內容進行刪減與潤飾，並稍作格式上及語法上的統一。像是這本書的兩位作者都有提供英文名字，這邊要調整的就是名稱內間距的使用與否；或是在提到作者的經歷時，應把最新的經歷移至最前面，並把過往經歷接續排列以求統一。

定價方面，書本的定價並非出版社或作者隨意制定，每間出版社皆有一套計算公式，其中頁數、用紙、印刷色彩或平裝精裝等等皆可能是納入計算的範疇。因此有些書雖然看起來不厚，但是定價卻跟其他較厚的書差不多，這背後應該都有它的道理或與其製作時的選擇有關。

另外，晏瑞老師還有提到排版與標點符號如何影響到頁面上的視覺效果。其實很多時候括弧是不必要的，雖然括弧可能是被用來做補充或是分隔出內容，但太多的括弧出現反而會影響到閱讀時的順暢程度。多數時候用空格去做內容的分隔就能達到類似的效果，而且在頁面上也會看起來簡潔不少，至少閱讀時不會那麼吃力。

　　再來是數字的使用，雖然我們大多時候標注一人的出生年分時，常會直接去使用阿拉伯數字，不過這卻會對閱讀造成一些影響。數字的間距較小，因此在印刷後那串數字會看起來特別顯眼，視線也較為容易聚焦於其之上，這反而會導致視覺上的版面配置不均，或誤判了重點。所以在非必要下，還是用國字的數字去呈現年分、年代之類比較妥當，因其字元的間距與其他字是相同的，看上來會顯得平順不少。

　　至於封面文案、書籍簡介，以及名家推薦這些會出現在書衣的部分，其實作者在提供這份資料時已經填寫不少資訊在上面了，不過內容大多都有些冗長，或是解釋的部分太多。這會讓原意是要介紹該書的文字不夠直觀，畢竟讀者第一眼接觸到該書的內容就是這些書衣上的文字。而編輯要做的就是將那些內容濃縮，在不改變其主旨的前提下，將該段文字修改成適當的篇幅，把最重要、精華的部分放置在顯眼之處，讓這本書擁有更多能夠被拿起的機會。

　　總而言之，就是要幫這本書打好廣告，若沒有提起讀者拿起來翻閱的興致，書中內容即使再好再精彩也無法讓人看見。

　　為此，晏瑞老師真的卯足了全力，除了在有限的篇幅內介紹了該書內容，還力求找出特點及其精彩之處；在重組內容的同時，還不忘以自身的編輯經驗與文句邏輯，使該段文字以更加精確的書寫增加了不少可看度。

即使這看起來就像在寫廣告文案，跟這段期間編輯所做的事有點不同，不過在這個書本已不是唯一的文字載體的年代裡，如何讓書本獨有的價值受到讀者的注意或喜愛，肯定必須仰賴編輯無論是文字或行銷上的更多巧思與新意。當時我在旁邊看得一愣一愣的，除了敬佩晏瑞老師的文字功力外，也對每位正在不斷思考與創新的出版業者感到深深的敬意。

最後是封面設計的部分，由於該書的出版時間比較緊迫，應該是沒有時間能夠慢慢設計封面。這類情況的對應之道即為將之前提案過，但尚未被使用過的設計拿來沿用，稍作修改後即可成為一本新書的封面。雖然之後與設計人員、校稿人員等等的信件來往還是由晏瑞老師負責，不過這次算是參與了這本書一大半的流程，還是從中學到了許多，更是對書本細節的設計有了更深入的認識。

三　業務部的倉庫實習

（一）大開眼界的第一日

從實習一開始，晏瑞老師就希望我們能夠多加體驗出版社的不同面向，以不同的視角去瞭解出版社，因此安排我們到有別於編輯部的業務部，也就是倉庫實習兩天。

倉庫實習第一日的主要目的，應該是先熟悉一下倉庫的整個環境，以及去幫忙正在進行的出貨工作。那天早上六點半

的天空尚未完全醒來，路上還沒充斥著來來往往的車潮與人潮，臺鐵上的人也不算多；雖然寧靜、人流緩慢，但隨著引擎的發動與窗外逐漸刺眼的陽光，揭示了接下來忙碌的一天。

到達鶯歌車站後，先由向大哥載我們到倉庫，接著則是由阿標指派我們工作。是後來才知道，平時倉庫是只有向大哥一人在管理，阿標只是偶爾來幫忙；而向大哥工作並非只有管理倉庫，平時還要負責一些物流管理並往來於各地之間。

來到萬卷樓倉庫之前，原先對於倉庫的想像大概是：一間鐵皮屋，裡面的貨物紙箱堆得很高，因為沒有冷氣所以十分悶熱之類的。然而見到三峽倉庫全貌，才知道出版社倉庫是多麼可怕：幾乎快要堆到天花板的箱子（裡面還有書）、零散的置物板上擺著尚未整理過的書本、一箱一箱準備出貨的書放置在大門口、各種功能不同的搬運或堆放工具上面有著使用多年的痕跡，以及散落在各處的包裝紙與拆下後的塑膠繩等。

雖然跟想像中的差異不大，不過看到實景還是有些被嚇到了，腦中的想像也隨其立體不少，還多了一份大量紙箱堆積的獨有氣味。實在難以想像這些書本是怎麼樣堆疊成這個樣子，也無法想像如果要從中找書該如何找到。

我們做的第一項工作是擦拭書本，畢竟是堆放在倉庫當中難免上面會有灰塵；另外因為這些書是準備出貨大陸，在版權頁之處需要配合相關規定才能順利出貨，因此檢查與修

改是不能缺少的。雖然這不是太過困難的工作，也不需什麼技術性，不過將書本搬來搬去並做數量的清點還是挺累人的。

在清點的過程裡果不其然地遇上缺書的問題，我們一碰上就跑去問向大哥，而向大哥總是知道了書本的名稱或編號後，就手腳利索地去倉庫確認還有無庫存。

有一次跟在向大哥後頭一起去找書，仔細看才發現原來書架上是有貼上序號的；還有一次跟他報上書名後，向大哥馬上就回答這書沒有了。從這時候開始我對向大哥是滿滿的佩服，雖然書架上有編號，要找到書並不是一件不可能的事，但要在宛如迷宮的倉庫裡馬上前去相對位置肯定需要一定的經驗；對某些書本庫存狀況瞭若指掌，這也肯定是要對這些書很熟或有極好的記憶力，甚至是記得書本版次或發貨紀錄，才有這如此快速的反應動作與回應。

將指定的書本全部整理好後，緊接而來的是裝箱的環節。除了基本的紙箱貼黏，為了防止書本受潮還要在最底部放上防水袋；書本放入時也要注意數量及位置，其尺寸不一的情況也讓裝箱時多了一些細節需要留意。

另外，如果書本已經裝滿，但還是有空隙的話，需要塞一些填充物進去避免碰撞，這時那些散落在倉庫各處的包裝紙就派得上用場了。除了塞常見的充氣緩衝袋之外，拆下來的包裝紙也是一個很好選擇，畢竟可以自行處理適合大小與厚度。

就這樣一箱一箱地貼黏、放防水袋、裝書、放填充物，最後封箱，以六箱一個單位轉交給阿標堆貨，時間很快到了下班時間。雖然把書搬來搬去的勞力活不需要什麼思考，機械式地裝箱就好，不過其他負責記錄裝箱狀況的同學應該是相當耗費腦力的，畢竟如果記錄有誤，或是箱中內容與箱號不符，我們就得重新拆箱，再做一次檢查的工作。幸好，這些情況今天沒有發生。最後我們完成了二三十箱的包裝，應該是有跟上預計出貨的進度。

（二）更加忙碌的第二日

倉庫實習的第二日一樣在五點半起床、六點半出門、七點零五分搭上臺鐵。沒有了第一天帶有一點緊張的閒情逸致，取而代之的疲憊感伴隨著這三十多分鐘的車程，耳機裡播放的音樂也只剩下乏味的符號，沒能夠提振我的精神。

也許是昨天的工作真的完成了進度，今天第一項工作是整理環境。昨天看到地上散落各處的箱子與包裝紙都是要處理的對象，並要區分能否再度利用，因為有些箱子和包裝紙稍微整理一下又可以拿來裝箱出貨了。

會有如此多的垃圾沒有在第一時間就拿去分類或做處理，我想可能是因為時間效率關係，畢竟整間倉庫平時只有向大哥一人在負責，若他要在拆箱或找書時一併整理環境的話，那他的工作進度不知會延宕到何時。

雖然這又是一項純勞力活，但疲勞感就像是一旁堆積的箱子，在不知不覺間就疊得跟山一樣高；加上倉庫裡密不透風的環境，悶熱的讓人不消一會兒就累得不成人形，一有休息的時間真的就只能癱軟在沙發上，動彈不得。

大概裝完了三大袋垃圾後，向大哥請我們把垃圾裝進後車廂，帶我們去看看這裡附近的回收場在哪，順便去博客來的北部集貨中心寄東西。

博客來的集貨中心大概是萬卷樓倉庫的五倍大左右（可能更大），雖然貨物的高度疊得差不多高，但卻整齊許多，就直觀上比萬卷樓倉庫來得更有條理、更有系統。看著集貨中心裡來來往往的送貨人員正快速地清點貨物，而外頭的貨車則不間斷地準備卸貨或出貨，原來我對倉庫的認識還只是冰山一角，同時對這更大規模、人力與系統感到敬畏。

下午的工作是與昨天差不多的裝箱作業，一樣是先整理、檢查書況，在封箱前確認是否要放入填充物，不過這次全部的流程都是一人負責。經過昨天一個下午的訓練後，今天做起來還算是挺得心應手的。

下一個工作是把某位老闆寄放在這裡的書，全部從堆得超高的地方取下並清點，因此這項工作由我和阿標以及另一位同學，三人一同完成。由阿標爬到高處，將一套一套的書本從一個不知道為什麼能夠堆成這樣的地方取下，我和同學則

輪流在下方接書、檢查數量，接著盡可能地整齊排放在置物板上。全部完成後，今天工作差不多告一段落。

這兩天下來，只能說真的累人，不過在同學和兩位大哥的幫忙下，基本上是挺順利地完成了倉庫的實習。向大哥和阿標兩人真的很照顧我們，當碰上問題總是不厭其煩地告訴我們處理方式；在自己正處理事務時也總會抽空來幫助我們，並讓我們對整個業務部的運作及倉庫的環境有了更深的認識，著實受益良多。也許倉庫裡堆疊的不僅是多如高山的書本，還存放著萬卷樓業務部滿滿的經驗與盡職的精神。

四　結語

雖然實習只有一個月的時間，不過從對出版社抱有天真美好的幻想，到親身參與出版社中編輯與業務等不同面向的工作，我不論是在心境上，或是對這項實習的態度上都有很大的轉變，也從中學到了編輯與業務上的專業知識及技巧。即使這些可能都只是基礎，還瞭解得不夠透徹與深入，不過依然是個受益良多的起步。

此外，晏瑞老師時常分享的，有關職場上的經驗談，都對尚未出社會的我們提供了有效的建議，並且在態度或規畫上給出了不少課題，交給我們在未來的職場上完成。最後，還是想謝謝出版社的每位前輩，總是在遇到困難時耐心地解答我們

的疑問；也謝謝其他幾位實習同學，許多工作沒有大家的幫忙根本不可能完成，我向你們學到了不少；我也想謝謝我自己選了這門課，才有機會接觸到這些人、事、物，不僅充實了這個暑假，還掌握了未來更清晰明朗的方向。

真理大學校刊對紅　　　　替向大哥操控升降梯

作者簡介

曾靖舜，永和人，二○○一年生，現為元智大學中國語文學系學生。喜歡文學，喜歡電影，也喜歡一個人看電影，常聽一些冷門的歌，最近寫新詩有得獎。選擇來出版社實習一部分是想瞭解編輯工作，一部分是為了學分；實習後很慶幸自己選擇這門課，不但沒有如往常一般浪費自己的暑假，還充實、精進了自己不少。

汗和灰洗禮的那段日子

劉康義
真理大學台灣文學系

一　前言

　　以前看到課表上面寫出版企畫時，我就感到疑惑過，什麼是出版企畫？什麼是圖書編輯？不過在這一年的課程上也感受到這是一整條的教學鏈，從銷售策略至出版流程一條龍服務，就跟很多業界課程一樣，之後大概就能先釐清一點點出版社的神秘面紗，也就更想深入世界的大局觀（不然會看不準市場受眾）和一直好奇的出版社運作模式，以後就會用到了，在學了理論的當下，期末也交了實用的排版作業，很感激這次貴公司讓我有可以利用知識發揮的舞臺。

二　編輯部的生活

（一）從一開始到每一天

　　一開始是認識萬卷樓的出版社結構、工作的各位同事和

當地的一些生活機能（主要也是要靠訂飲料認識，每週也會有飲料日，我都說這是瘋狂飲料日，原梗是大陸肯德基瘋狂星期四，在網路上也衍生出諸多肯德基文學），這次的主要任務就是要編系刊（鴻鈞主任要求），不過對於製作排版還是兩個月前，所以一直放影片洗腦自己段落和字型要哪種格式，修改一些影片中所提到的地方。然後也翻了桌上的文系詩集和實習回憶錄，從中學到了引文真正用法。

　　值日生的部分就是先收垃圾再掃地，因為家裡幾乎一半家事都是我在做，所以很快就做完了；平常在編輯部的事務若完成或是業務部那邊有急事的話就要去支援，然後回到崗位上繼續作業，每天都要求自己寫一次心得，當天沒寫就隔天早上或有空時寫，不能再一次把堆積如山的心得一口氣寫完，否則之後會代誌大條。

（二）鍾應梅知見、論述錄

　　鍾應梅老師的作品雖然有部分都有照年代排，然而最大的問題是集中在有時弄一弄就精神混亂，雖然都是刊載於崇基系刊，但是有些大標題就沒標題，所以先以內文體處理，然後格式有時也會跑掉，讓我多花了一點時間都在把字體和排版修正，我到後來才想到我幹嘛還要看範例格式照影片土法煉鋼，直接把格式複製貼上不就好了。

　　但道高一尺，魔高一丈。我邊看範例邊做的過程也還是有

問題和疑問。我和同伴靖舜也是討論同樣的問題（不過因為負責區域不同，問題點也不一樣），也因為範例格式的問題變成了類似雞同鴨講的狀況，但還是想辦法完成了。

等老師看完再修正，現在對這個東西是又期待又害怕，期待是完成第一份工作，害怕是第一份做不好，接著在交換修改之後我發現自己的問題在哪了：我把詩文類的部分東西弄成了編年史的格式了（就是以創作年分去排，不是以收錄年分去排），論著輯錄是要以收錄年分去排，研究類的話若裡面沒內容基本上也不會放到論著輯錄（論著輯錄定義在於以敘述為主，知見錄大概就是讓人清楚找到該論述的目錄），在這般艱難的試煉之下還是有驚無險地完成了這任務，果然分類也是一個學問，不是排版就了事的一件事。

（三）微信公眾號

微信在大陸是繼 QQ 後最多人用的軟體，當然我們萬卷樓也有經營公眾號，因為萬卷樓本身便是以兩岸文化交流為主的學術類出版社。

天！總算碰到傳說中的公眾號了，因為時隔兩週，基本上都忘得差不多，基本上也是一步一腳印去做，然後我發現處理完一個就可以套樣板去做，只要把內容都改掉就好。只是有時因為當天狀態不好，有些東西就會有點問題，不過剛剛花時間把幾乎所有東西給砍掉重做（有些東西草稿箱刪不掉，把秀

米樣板的一些部分刪掉再重貼上去）就沒問題了。

使用微信的理由也很簡單：微信可以弄出一個乾淨的網頁，將觸及的東西弄到全世界。

晏瑞老師也講了一些關於兩岸的知識，有講到大陸社群軟體的沿革，大陸學校網站為什麼會那麼差（因為怕到時候一個弄錯就代誌大條），很多東西都在社群軟體發布就是因為這樣子刪起來就沒問題，以往曾多次聽聞大陸本身的體系，而這些也的確在我意料中，對於萬卷樓想辦法為大陸求知慾旺盛的學者或人士提供購買渠道一舉也覺得很貼心，雖然萬卷樓沒有專屬的購物網站，但是有博客來和蝦皮。

（四）對系刊的看法

對系刊一直以來都是以一種矛盾的角度出發，在這個部分可以先從校對稿子看起，之前在信箱翻過的雖然也是系刊，不過卻是別的東西（期末圖書編輯心得），我一校所負責的部分就是淡水的日系建築專訪和大二時大家所寫的三千字歷史小說（基本上都是鄭成功和原住民相關的），閱讀別人寫的東西我覺得相當開心，但是當我翻閱了一遍遍後，我才發現大二時所寫的東西真的會異於之後所寫的，在一些人的稿子裡也會有語意不順、錯字、空字等等，但在閱讀的過程裡還是能更加努力地看見淡水，看見許多不知道的人（不然淡水名人本身也算少），為自己的文章校稿也像是給自己相片修圖，同時也

感覺到，過去的急就章，只好現在來修正。

ISBN 申請也用委託的方式處理圖書，因為出版單位通常都要用該單位的帳號才能線上申請，然而那天也只教線上，導致了一些小插曲，感謝欣安姐有教怎麼簽契約書，契約書就是學校授權出版社可以用學校的名義出書，沒有的話書號就會發不下來，之後就是將常見的書名、目次、版權、部分內文、契約書相關傳真給出版社就沒問題了。

看過一些稿子、對紅完、融合同事的想法後，我覺得疫情專欄真的可以刪掉，這東西原本就是講稿，放在上面本身就是毫無意義，還不如放當初一年級時那個期末小組淡水人物訪談，反而比這個有誠意多了，而且現在根本沒多少人在關心這塊（去年及前年一票怕得要死，今年一群人墓仔埔也敢去）。

我認為應當深化日居淡水（主要介紹淡水日式建築和日治時期人物誌，注重在行和育樂）和心之所向（類似前者，但注重於食和育樂方面），這樣學弟妹可以參考淡水哪裡 cp 值最高，對他們三餐和認識淡水也有幫助，比較不須依賴學長姐推薦。

三　真正倉庫的灰潮

（一）幻論

　　出版社通常都有倉庫，在以前網路尚未發達且宣傳手段缺乏的年代，書必須要以量取勝，倉庫越多就代表自身像獅子王般強大（也代表有可以蓋罐頭塔或搶風水寶位的資本）。

　　萬卷樓反而是一個特例，倉庫只有一個（第二個被腰斬了，原因是在出版書籍的經費和倉庫經費取捨上選了出版，照結果論來看是對的），蓋這麼多的倉庫的下場當然就是在現代化的浪潮之下，那些倉庫幾乎都只能轉賣出去（然而賣出去的錢又能讓出版社再戰三十年），倉庫大部分也都是因為要壓低成本而蓋在一些荒郊野外（松山以前也是，直到蓋機場，意外讓某大出版社得利），因此現在倉庫多反而是種累贅，也是書賣不好的象徵之一，實務方面詳見下文：

（二）朧車

　　某天，我們前往三峽倉庫去支援宣伊（緊急需要，不然根據定律去倉庫的時間不會重疊），因為八點前要到，因此我當天五點整就起床了，在鶯歌火車站那邊的超商等向大哥開車載我們到倉庫，路途上也很明顯產生了繁榮和荒涼的落差。到倉庫後阿標給我和靖舜一些工作，工作主要是擦書、裝書；擦書就是要把書擦乾淨（以乾布擦拭為主，除非乾的擦不乾淨才

要動用稍微濕點的擦，標籤也要用標籤去除劑擦再弄乾），還有檢查和比對（也要在宣伊那邊確認）書是否有缺或是算系列的，若有缺書的情況就要記錄下來並且回報向大哥，有些書是一九九〇年左右出版的，所以跟其他書比起來較為難擦（也是去敏感化特別該關注的對象）。

裝書的部分就是清點書本再裝箱，某些書有缺貨的情況，向大哥會致電印刷廠，那邊也剛好缺書，因此不用管夠不夠，跟著裝進去即可，在宣伊的合作下還是有驚無險地完成了。

主要還是空間排放的問題，有些書太大本或是那書根本就是一套的（主要是佛經、論語或是說文解字），然而防水袋本身也會讓空間有限制，因此也要做斟酌。

此外，我還學習到七步膠帶法，就是將一個紙箱貼正三條，旁四條來黏貼，這樣也算另類保護箱子。保護書籍就用防水袋和填充物，防水袋不用說，填充物就是將一些乾淨的牛皮紙或是氣墊袋（之後還會用到，就算徹底消氣也一樣）塞到縫隙裡就 OK 了。

但一直在鐵皮屋和倉庫來回跑還是很累，為了提早下班速度也增加很多，不過副作用是從下午開始就感覺昏昏沉沉的，差點看到幻覺，雖然辛苦，不過那是充實的辛苦，隔天就是我們男人組的事了，因為隔天工作會集中在倉庫，因此阿標叫我們要帶備用衣服換，那天是倉庫最後一天，我要加油。

（三）漣灰

倉庫最後一天，一開始就是清理環境，需要割紙箱和一些雜物（一些紙也會成為裝箱所需的填充物），搬書的話拿壓力車拉棧板把書拉到車子那就好，向大哥也帶我們去參觀外面的環境，垃圾場、博客來、附近吃的（事實上能吃的資源相當稀少，只有便利商店和賣排骨湯那家），垃圾場即處理在倉庫裡舊的書（主要是幾百期內的過期期刊或是別的書），似乎是一公斤三塊錢，然後在博客來的部分就是看到一些貨物在那邊跑來跑去，向大哥叫我們在附近就好，原本想在那拍照，拍完之後沒多久；靖舜提醒我那邊禁止拍照（之後才在牆上看到大大的禁止拍攝的圖案），接著看到附近有監視器，我在想不是拍人應該沒關係吧，又不是販毒或走私，這個疑問在回到倉庫後被拋到九霄雲外了，最麻煩的是搬金門庶民志的部分，這部分就團結力量大。

這兩天在倉庫中我學到了以下這些事：第一，倉庫動線雖然是相連的，走久了就知道怎麼回鐵皮屋，但是有些路相當狹窄，導致有些路線要推車時需要反覆喬角度，否則進度會停滯很久（搬梯子、推車、壓力車）。第二，會使用壓力車等工具。第三，多帶點水或飲料，倉庫的水很少。第四，若是很注重自身整潔，請自行攜帶備用衣服、濕紙巾、口罩、手套，因為倉庫裡面真的很多灰，手上的灰單憑洗手肯定不乾淨，衣服的部分也是因為跑完衣服會濕的跟小水窪一樣，如果很怕自

已被美工刀刮或刺到手也請戴手套。第五，午餐的話因為選擇較少所以也建議自行攜帶可保存的，鐵皮屋雖然有冷氣，但是有美乃滋的麵包放久還是會融化，所以要注意。第六，要有空間管理觀念，這在裝箱、動線處理、裝垃圾等方面絕對用得到。

兩日總結：整個倉庫的經歷充實但辛苦（要來回跑，還好倉庫只有一個），在向大哥和阿標講事情的過程中也感受到意見上的不同（向大哥重人情，阿標是理性派），人情關係比什麼都重要（寄放《金門庶民人物志》的人跟梁總經理關係超好，還有那人物志大約一百二十多本，搬了十多趟才搬完），整個過程也是受用良多，邊演練邊實戰，相當實用。

（四）推理

事後晏瑞老師也有問在期間我們學到了和問了什麼，我只能回答以上這些，當然晏瑞老師也給了一個很大的方向：

向大哥能一個人將倉庫管理得有聲有色，這代表他有著什麼能力？以當下思考來看的話是向大哥幾乎二十四小時都在忙那方面的事務，從分類書籍、委託清理人員、在車上也是在用 Line 語音轉訊息辦公等等……來看，他是會用系統性和人情去辦事的人，也可以說是他個人能力強，不過有些忙不過來的事情還是要靠一些人協助。

這些書籍從哪裡來？依照推理，繁體書大多都是印刷廠

送過來，簡體書依照從博客來買書的經驗應該也是從美術社那些出版社從海關弄過來的。

剩下的問題是想不到和忘記的，但是最重要的是在倉庫裡也要利用閒暇時間觀察他人工作，去思考、推理出答案，之後也有相同疑惑的話，再從資料上或是還有機會再去問就好。

四　結語 Bleach

在這一個月充滿汗水及腦漿的實習中，剩下的只有滿滿的感激和喜悅。感激的部分是在我處理系刊上，大家會手把手教怎麼處理相關的事務，欣安姐、以邠姐、若菜姐、晏瑞老師、系助及宣伊的協助讓我對書號的處理方面也有理解，感謝你們願意包容我一緊張就會開始語無倫次的習慣（之前最嚴重是會過度呼吸，不過主要問題是怕講話不得體）。在實習過程中也學到了一些在學校不曾學習過的，和加深了某些既有知識，上課的部分，我覺得早上晏瑞老師跟我們的閒聊就是一個課程了，晏瑞老師會分享自己在職場上的東西和應對技巧：第一，發現問題，提出問題，他人有空就會協助解決問題。第二，勿忘禮貌。第三，不要有過度心理壓力，凡事都盡量以平常心看待。第四，記得做筆記（工作紀錄，作大方向的、工作所需的步驟）

正課的部分雖然目前只上過一堂，但是內容上也是複習

之前的內容，主要是現代浪潮下出版社的應對，這堂課學到了冷門書也能因為現代化而開創第二春，書本也只需要適中就好（用預購作民調調查），書籍也可以創造屬於自己的價值。

老師偶爾會提到實習一兩個月所看到的出版社產業相關事物並非全面的，也是因為看到了上個月一些同學的心得後，我感受到豐富的領域不一樣，這個月雖然有點像蜻蜓點水，但是體感上卻是充實的，由衷感謝學校和公司肯給予機會。

作者簡介

劉康義，新竹關西人，二○○一年出生，和世界、人類格格不入的標準水瓶座呆子，最近沉迷於久保帶人的風格，開始挑戰時尚的打扮和很酷的創作，Bleach 死神是最潮的作品，目前所持技能是中打和 Word，特長是讓人笑翻，目標是將死神、火影、現代創作發揚光大和跑遍全臺女僕咖啡廳，在實習一個月的過程中受到了足夠的磨鍊和砥礪令我成長，仍然無法抹滅好奇心的熱血，目前試著在未知的生命挑戰著人生無數的第一次，在黑白的童年和就學生涯畫上美麗的彩色，只當過牛津獎一日接線員、宿營活動關主。

一場跨越兩岸六十年的文學對談

蔡侑珊
國立中央大學英美語文學系

　　一個月出版社的實習經歷，解答了我對出版產業的好奇和疑惑，不僅讓我更認識出版產業，也使我未來更想進入出版產業，無論是以作家或編輯的身份，我都希望可以為文學產業盡一份心力。

一　前言

　　離開校園前，總該把握人生最後一個大學暑假，不願荒廢度日，因此到處找尋自己有興趣的實習機會。機緣之下，看到了學校中文系的實習宣傳，發現中文系與許多出版社合作，提供實習機會，剛好我之前上過負責實習的宋玉雯老師的課，與宋老師有些交情，相當感謝老師願意讓我一個英文系的畢業生佔用中文系的名額申請實習。

　　很慶幸自己當初選擇來萬卷樓實習，這一個月的實習日子相當充實，了解出版產業的工作內容、熟悉職場裡的應

對進退、完成對岸作家的訪談，這些在課堂上都學習不到，唯有親身進入工作環境，才能體悟到何為「出版業」。

此篇心得為一個月的實習精華點滴，包括了出版社的業務實作、策畫公司作家的訪談、晏瑞老師的上課內容、自身觀察出版業的想法，以及平常與其他實習夥伴的相處點滴，這些都是相當寶貴的經歷。希望透過此實習心得，能向讀者分享我和出版業之間的文學對談。

二　初入萬卷樓

來到萬卷樓實習的第一天，進公司的第一印象便是處處都是書，而且仔細一看，這些書籍都不是平常在誠品或博客來上會看到的類別，出版書籍的類別其實反映了梁總經理在早上和我們所說的話，那就是萬卷樓是由一群文科的老師們和學者們開辦的，因為自身寫作的學術論文不易找到出版社做出版，那不如就大夥一起自己當老闆做。

梁總經理的這一段話激勵到我，因為我未來想走文化研究的路，而成為一位對社會有貢獻的學者是我正在追求的目標。第一天下午則是到了業務部參與出口書籍相關工作，主要是負責將要出口的書籍拆箱後，進行出貨、理貨的工作。今天經手了大約有二十箱的書，有些書出版年分很久遠，有些書不寫民國幾年出版，而是寫公元幾年，有些則是

書況很糟，翻頁都有困難。

對於今天下午的工作內容我想提問的是，為何大陸對於臺灣出版的文史料會有進口的需求呢？晏瑞老師提到因為臺灣出版市場不景氣，閱讀人口少，須開拓海外市場，但華人也認不太得繁體中文，因此大陸市場為臺灣出版品出口的最好市場。而大陸市場購買臺灣的學術書比例高達六成，原因之一為大陸學者無臺灣學者的研究觀點，因此需要購買臺灣學術書來研究。

我會把大陸需要臺灣學術書的因素歸因於兩岸曖昧又相連的關係上，從歷史脈絡上來看，不論是文學發展，或是文化研究，我們所讀所學所探討的文本或作家其實都是一樣的（像是魯迅、朱自清、胡適、或近代的余光中），然而因為政權和政策的相異，導致學者們會有不同切入文本的角度和分析的視野，對於人文學者，不停地吸收多樣的知識，不僅可以加深加廣自己的知識分野，還能互相切磋交流，碰撞出更多研究的可能性。

出口書籍的工作告一段落後，開始建構簡體字的老書。剛從箱子把這些布滿灰塵和充滿陳年氣息的古書們從箱子裡拿起，我心想這些書還會有人要看要買嗎？

結果當我們將書整理到推車上，公司前輩們來查看時，不停地驚呼這些書可以賣個好價錢，後來我問了前輩們這

些書真的會有人收嗎？前輩的回答是有些人喜歡收集老書，而有些人則是鍾情於簡體書，因此老書也是挺有市場潛力的。我們的任務便是建構老書的資料庫，好讓客戶可以了解書籍的基本資訊。

一路整理下來，建檔了約莫兩三百本的書，這些書大多為二、三十年前出版的簡體書，書籍的類別可說是多采多姿，從政治探討到文史研究、人物軼聞到地區故事、歷史典故到小說戲劇，平常在書店幾乎不可能看到甚至有機會翻翻這些簡體書。

在整理過程中我像是在挖寶藏一樣，每本充滿灰塵和霉味的古書似乎依舊保有知識的力量，從書封書名帶給我的衝擊感便能了解到兩岸人民生活文化差異和大陸地域廣闊豐富的文化，這樣的衝擊感是過往在學校歷史課或地理課上感受不到的，整理的時候我一直感受到以前學習的歷史地理之淺薄，也很可惜沒有在求學階段學到更深更廣的知識。

這些業務部的工作不難，但就是比較枯燥，在做的時候蠻能體會到梁總經理第一天說的在出版社工作要耐得住寂寞，辦公室的大家都在做自己的工作，幾乎只聽得到敲鍵盤和電話的聲音，不知一個月後，我是否也能像前輩們一樣完成一件件工作呢？

三　出版產業的眉角

第二週開始學習如何做公眾號的部分，公眾號的目的是將新出版書或庫存的相關資訊發在網路上，讓想買書的客戶有平臺可以查詢書的資訊，平臺的選擇有臺灣面向的蝦皮和大陸面向的微信，在發布資訊前，必須得將文字排版，做排版便是使用秀米這個軟體。

自己使用下來覺得秀米的操作介面蠻清楚方便的，整個排版的效果簡潔有力，做的時候並沒有非常困難，但要注意一些小細節，像是間距、空格的部分，做完後還要加上責任編輯和自己的名字，以便辨識是誰做的，最後看到一份份的推介都有自己的名字還蠻有成就感的。

公眾號的工作告一段落後，晏瑞老師召集了大家讓我們分享上週的工作，在講到公眾號的時候，晏瑞老師有提到長尾理論的應用，那就是透過網路、平臺、物流的使用，將多樣化小眾商品推銷出去，使用公眾號來賣書就蠻符合長尾理論的內涵，希望可以將小眾市場的書籍透過網路平臺推廣給想買的人。

編輯部門的工作到一段落後，晏瑞老師安排我們去學習公司電商的運作流程和門市的工作，整個聽完前輩們的講解後才發現原來賣書的工作並不是想像中的那麼簡單，

以前都會覺得書店就是把出版好的書上架，客人在書架上拿書購買這樣，了解之後才知道一本印刷好的書要上架到各個地方得要經過許多程序，像是書籍入倉庫前要製作入庫單、門市常備書籍的數量也有規定、有時要處理同業購買公司出版的書籍的訂單。

　　賣書是出版社最重要的一環，生產書本的終極目標即是賣出，作為讀者在臺灣買書相當方便，有各種通路可選，然而出版一本書的時間可能比讀完一本書的時間還長。

　　下午上課的時候晏瑞老師告訴了我們跟作者溝通出版事宜的注意事項和編輯校對的流程，細算下來一本書完成印刷的時間快的話一個半月或許能完成，正常來說一本書可能都要兩三個月才能完成出版。實習期間能夠先瞭解出版業實際的工作內容蠻幫助我提早認識到業界環境。

四　作家與出版社的關係

　　公眾號工作的部分分成兩天來做，再來的工作就是把剩下的公眾號製作完成，因為製作的步驟其實都一樣，所以做公眾號的速度蠻快的，做完之後我便開始著手準備這一個月實習中最重大的任務——古遠清老師的訪談。準備的過程中發現溝通訊息的重要性和困難，因為古老師人在對岸，所以剛開始和古老師是透過 E-mail 來聯絡，畢竟此方

法是相對比較正式的，所以在溝通事情上用的詞彙也要適度地包裝過，一來一往間便花了許多時間，甚至在溝通訪談形式上，古老師一度以為我們是想請他拍影片做為訪談的內容，後來我就比較直接地告訴他，我們是想用視訊的方式跟古老師面談。

古老師人相當好，不僅回信速度快，還很配合我們的時間和形式，唯獨訪綱的部分，因為要在短時間完全地熟識古老師的作品有一定的難度，我一直在做微調，只希望訪談一切順利進行。

準備訪談資料時，我發現到古老師有提到自己與出版社的淵源，因為身為大陸學者要取得繁體書並不是那麼容易，且對岸寫作和出版沒有這邊自由，因此古老師的資料蒐集和著作出版皆透過臺灣出版社的幫忙和聯絡。

在訪談中，我也請教古老師如何看待作家與出版社之間的關係。古老師誠心地說道，若是一個學者創作作品沒有出版社替他出版，僅僅只是在地下流傳，那文學影響力是很小的，可以說出版社幫助知識積累，並廣泛傳播出去。

對我來說，作家和出版社之間的關係是相當緊密的。一個文筆再優秀的作家，創作出來的作品沒有經過出版社的編輯排版印刷，是不可能讓大眾看見其文人的才華。除此之外，出版社的存在不僅促進知識的傳播，還使一個社

會的文化底蘊更加豐富、深厚。近幾年各家出版社都會積極地舉辦作家的新書發表會，對於作家或是出版社來說都是一個絕佳的宣傳手法，對於讀者來說，也可以與喜歡的作家面對面簽書或講講話，無非可以吸引到許多讀者。

作家和出版社的關係可說是魚幫水，水幫魚，相輔相成，各蒙其利，點亮文學知識的道路。

五　寫稿的壓力

做完訪談後，接下來的任務為整理撰寫古遠清老師訪談的文章，我期許自己身為臺灣後輩人文學科的學生，能夠用自己的觀點和古老師的文字進行跨時代的對話。

接下來的幾天任務就是瘋狂寫稿，晏瑞老師給的期限在這週五以前，篇幅大約為四至五千字左右。對我來說這樣的稿子彎像學校的期末報告。最大的不同在於，學校的期末報告通常只會有教授一個人閱讀，偶爾才會有其他同學看到我的報告，而這份古遠清老師訪談的稿子是要公開發表在雜誌上的，所有人都可以看到我寫的東西，因此在寫的時候隱隱約約都會有壓力在身上，擔心自己詞不達意或被人誤解、誤用，同時我也要拿捏訪談稿子的學術性和通俗性，既要保持一定的學術水準，又不能寫得太晦澀，讓讀者讀到滿頭問號。這或許是為什麼寫稿的速度偏緩慢，但這也是我

要學習的地方，或許還是需要再多閱讀、多去看看成熟的作家們是如何組合文字的。

實習逐漸進入尾聲，手邊的工作也要收尾。目前手邊剩下的工作便是修改古遠清老師的訪談稿和完成實習日誌，前者有關古遠清老師的稿子是我第一次寫訪談稿，對於訪談稿的樣貌還比較生疏，因此晏瑞老師針對稿件的結構和排版提出蠻多要修改的地方。而且因為文章要出版至公司出版的雜誌，所以有許多的專有名詞或用字都要遵照著公司的規定走。像是在介紹古老師的著作時，由於古老師在公司有專屬的書系，因此介紹的順序最好是要照著公司的書號排序。

還有像是我在文中有寫到「日殖」二字，因為用詞較為敏感，於是要替換成「日據」這兩字，這樣的更改用詞我是第一次被要求。以前在學校寫報告的時候，基本上想寫什麼就寫什麼，老師們也不會規定只能用特定的專有名詞，自由度很高。

寫作這方面，我的確感受到職場和學校場域有很大的差異，這也有點呼應到了古老師在先前的訪談中說到規範性與創造性的抗衡，古老師說寫作的時候要盡可能地在規範性之下又保有自己的創造性，這樣才會是好的學術研究和一個優秀的研究者必須具備的能力，這都是我還需要再加強精進的。

　　在寫稿的時候，可能是進入了倦怠期，腦袋越來越鈍，自己也一直分心去滑手機打混。對於這樣的狀態我是相當不滿意且有一點喪氣的，擔心自己無法在晏瑞老師要求的時間內交出來。後來我改變了自己寫作的方式，只要我卡住的時候，我便把之前訪談的影片拿出來再重新看一遍，重新看的時候腦中就像刷新一樣，再一次地提醒我哪些是重點、哪些是我需要好好在訪談稿裡提出來的。藉由這樣的方式，讓我更熟悉前一週的訪談，更能有效率的抓出重點，用我自己的話再解釋一遍古老師的想法。

六　我心中的出版社

　　實習的倒數第二週，大致對於出版社業務有初步的了解和接觸，對於萬卷樓的印象也跟第一天有很大的不同，剛來時疑惑沒有很多客人來門市買書是正常的嗎？這樣公司會賺錢嗎？但接觸了公司的業務後，才發現事實上出版社的市場還是很大的，只是看要把市場目標放在哪邊，幾乎不用擔心書賣不出去。我認為書是不會被任何時代和社會淘汰的，每一種書都有其市場需求的存在，重點便是找到屬於自己出版品的市場，努力拓展人脈，在這個市場做到不能取代，這便是我心中成功出版社的樣子。

七　結語

回看這一個月在萬卷樓的實習，除了更瞭解和更接近出版社的工作內容外，還體驗了職場生態，學習到更深層的人際互動。

雖然說沒有實際執行編書的工作，不過透過晏瑞老師教導我們整個編書過程，也讓我們對於編書有個輪廓想像。職場方面，這一個月來，參與了出版社的各種工作，有出貨、理貨、找書、整書、門市等等業務，工作的途中多多少少都會跟公司裡的職員互動來往，互動過程中也漸漸體悟到職場的生態和眉角，這些都是在學校裡不太可能學習到的。這次的實習經驗幫助了我提早了解出版業的業界生態，也讓我有機會可以參與到作家訪談和寫訪談稿，雖然壓力有時蠻大的，時間也挺緊湊，不過仍舊是寶貴的經驗。

感謝張晏瑞老師時時刻刻地教導和叮嚀，讓我在這一個月實習中獲益良多，也感謝公司其他前輩們不吝賜教，每每有問題詢問他們時，總放下手邊的工作，耐心地回答我們的問題。還要感謝實習的夥伴們，育暄、嘉欣、思霈、安瑜、宣伊，沒有他們的分工合作、加油打氣和談天說地，我想這次的暑期實習會少了點活力。最後我想感謝自己在這一個月學習許多知識、完成具有挑戰性的工作，這些珍貴經驗都將成為我未來在寫作和研究上的重要養分。

書籍歸檔　　　　　　　與古老師對談

作者簡介

蔡侑珊，二十二歲，臺北人，畢業於中央大學英美語文學系，現在就讀中央大學英研所。喜閱讀，擅分析。文字早已融入在我生命中，閱讀使我得以卸下身上的種種規訓，賦權我挑戰典型常規。寫作則是具現化了我心中所思所想，記錄著生命經驗，創作出屬於我的非典型浪漫。啟蒙於中央英文，沈浸在浩瀚無垠的文本知識裡，耽溺電影、動漫、文學創作中，我的偶像是鄭聖勳。

與萬卷樓的時光

謝安瑜

真理大學台灣文學系

今年即將升大四的我，在學校中一直沒有什麼輝煌的成績，剛好因為專題的關係，所以必須在畢業前到職場上實習，由於喜歡閱讀，最終選擇了萬卷樓出版社，相信接下來一個月會有非常不一樣的體驗，也希望可以把老師在課堂上教的編輯技巧，在實習期間使用得淋漓盡致。

一　前言

在大學中的最後一個暑假，我決定到職場上實習，因緣際會來到萬卷樓開始為期一個月的實習，雖然時間短，但我還是期許自己可以學到很多與出版社相關的工作技能，也希望可以認識職場這個與學校完全不同的環境，精進自己的能力。

二　揭開實習序幕

實習的第一天，因為前一晚太緊張所以沒有睡好，一大早就起床準備。進到辦公室後看到有同班同學就瞬間安心不少，接下來上午的時間由張晏瑞老師與梁總經理介紹萬卷樓的歷史還有創辦實習體驗營的過程、經驗，老師提到甚至某次有六十個人來實習，那個場景我真的是無法想像，實習工作變得好像夏令營活動一樣。

而梁總經理即使已經八十多歲，看起來卻還是非常健康且充滿智慧氣質，聽他講話會有種安心感，梁總經理與晏瑞老師大致介紹萬卷樓後，我也更加認識出版社創建歷史，更加期待接下來的實習，希望可以收穫滿滿，而且歡迎典禮結束後梁總經理還說要請大家喝飲料，氣氛又更熱絡，每個人都非常興奮的樣子，下午開始正式的工作。

首先我與嘉欣被指派要來幫全公司的人點飲料，順便認識每一位同仁並自我介紹，藉由送飲料的過程更加認識大家的名字與工作內容，大家都看起來很好相處也和藹可親，我的心情也跟著沒有那麼緊張了，後來蘇籲姊教我們使用公眾號的發文製作，雖然看起來很簡單，但實際操作起來是有些複雜的，所以我做的時候還常常詢問蘇籲姊，總之第一天是個開心又充實的一天。

三 編輯部相關作業

　　原訂下午要換工作，於是早上蘇籲姊交派給我們的十五篇公眾號文章，都趕在中午之前就完成了，沒有想到我們的速度也可以如此快速，熟悉整個軟體的運作之後就變得很順手，沒想到下午突然沒有要和別組交換工作，晏瑞老師就請我們和欣安姊一起整理會議室的書架，欣安姊也在過程中介紹關於書系的事，原來書的背後都寫著分類細目跟代碼，在排列書籍時才會更好整理，如果欣安姊沒有介紹的話我還真的不知道書籍還有這個小知識呢！

　　一開始我以為欣安姊是個安靜、不太容易親近的人，結果她實際上很溫暖又活潑，懂的事情也好多，又對公司裡的人有近一步的認識，很開心！晏瑞老師後來就進來開始上課，聽到另外兩組介紹自己在樓下的工作內容後，我也稍微更認識了業務部的作業系統，晏瑞老師後來也講解了為什麼我們要執行書籍的出貨及理貨，並加上防水袋再將書裝入新的箱子。因為兩岸關係還是有點曖昧，需要經過檢查再出口比較好，而書本都是用船進行運輸，怕書本潮濕，才用防水袋保護；如果沒有用新的箱子重新包裝，那很可能會在大陸貨運途中爆開，送到客人手上時就不知道會有什麼情況。晏瑞老師後來介紹到拍賣古書這件事情，才知道原來古書可以這麼值錢啊！我真的是驚掉下巴了！

四　業務部相關作業

今天是實習以來第一次交換工作，這次是我們去做宣伊還有侑珊前幾天在做的工作，抱著期待興奮的心情來到了六樓，一開始辛欣姊還跟我們說目前沒有東西可以做，後來才和我們說可以先整理要賣給成大的書，於是開始了我們在業務部的第一項工作。

中午吃完飯之後，阿標讓我們拆來自歷史博物館的書箱並且清點，那些書數量真的很多，居然高達九十箱，而且每一本還都超大又超重，我和嘉欣就一起慢慢搬，清點完幾箱之後就得開始塗改後面中華民國的字樣，否則這些書就不能出口到大陸去，經過一天的工作後，全身腰痠背痛，整個筋骨像被拆散了一樣，但居然還有至少三分之二的箱子都還沒整理，真的差點哭出來。

第一個禮拜馬上就過去了，今天的工作是和侑珊及宣伊一起完成，沒多久我就被他們的動作給嚇到，因為不僅快速還非常俐落，真的讓我大開眼界，四個人一起拆箱塗改後整個進度變超快的，一轉眼就拆了好幾箱，而且過程中我也更加認識侑珊跟宣伊他們，中午我們還一起點飲料喝，吃飯時也一起聊天，覺得飯都變更香更好吃了！很開心今天能和他們一起工作，讓過程變得更加有趣，也更快完成工作。

幸好上個禮拜夠努力，今天只剩下一小車臺灣歷史博物館的書要處理，不過今天是我和思霈在裝箱，才發現這件事情真的是非常困難的工作，因為每本書都超級巨大又重，所以很難湊到完整一箱。我覺得這個工作需要很好的空間概念與經驗累積，像是阿標他就可以一眼看出來剩下的空間可以裝什麼書，讓我非常佩服。好在我們中午以前就完成了所有的作業，而且還有老師請的飲料可以喝，簡直是勞動後最甜美的果實。

午休過後，原本我和嘉欣、思霈還有育暄一起到業務部要繼續工作，殊不知阿標告知我們今天業務部的工作都已經做完了，所以可以先回九樓待命，於是後來開始討論藝采文的內部細節並記錄日誌，差不多五點的時候，老師就進來一起上課、吃點心直到下班，禮拜一難得是很快樂的彩色星期一！

後來業務部的工作內容就沒有前幾天那樣繁重，拆了一小箱的書，然後要確認箱子內的書本有沒有三本成一套，清點完之後就將這些書裝回箱子內再封箱封好，接著就是把之前歷史播物館的瑕疵書本另外裝起來，剩餘完好的書就可以先裝到箱子中，這樣之後也比較好作業。

後來阿標將我和嘉欣交給另一位子筠姊，讓我們和同事學習蝦皮出貨方式跟後臺的出貨詳細內容，我覺得超有趣的！確認好訂單之後，就要把客人的訂單資訊、價錢、運

費還有出貨門市都 Key 到電腦中，由我們來自己手寫發票，再一起跟書本寄出給客戶，雖然子筠姊只有讓我們動手做包書的工作而已，但是我覺得包裝的過程中很療癒而且還有泡泡紙可以捏，尤其是看到整個貨物被包裝得很整潔都沒有什麼皺痕，心情就很舒爽；包完之後，子筠姊就帶我們去便利商店準備寄貨給客戶，希望之後還會有機會再做包書出貨的工作。

下午，阿標請我把劉力平老師書目整理的 Excel 檔案整合。雖然我真的是個 Excel 白癡，不過還好阿標很有耐心地教我應該要怎麼操作，才讓我順利完成這個工作，也學習到一些關於使用 Excel 的技巧，又進步了一點電腦能力！

接下來又學了新的事物，就是拿著掃碼器來刷書背面的 ISBN 條碼，目的是要將這些書籍的資料建檔在萬卷樓的網站中，不過初期還有一點準備工作需要先弄好，要先把箱子中的書本按照書中夾著的序號從大到小、由左至右排列好，之後對好每一本的書名及序號，這些作業完成之後就可以刷條碼建檔了。

我被分配到這個工作的時候真的很興奮，因為我覺得刷條碼是一件很好玩的事情，不過有一個問題就是有時候 ISBN 常常會刷不成功，所以有時一本要刷好幾次才有辦法成功，甚至是要直接輸入才找得到，嘉欣還因為這樣耐心都

快要被磨光了，但過程其實還是挺有趣的，而且是個很輕鬆的工作。

下午，我們被召回六樓，開始協助辛欣姊拆熱騰騰剛送到出版社的書，她還說：「只有十二箱書而已，是有史以來最少的一次喔！」我聽到的時候震驚了好一陣子，十二箱居然是很少的嗎？！但是我們幾個人拆確實很快，一下子就用得差不多了，過程真的很有趣，大家一起合作再分類、裝箱，是一段非常歡樂的下午時光。

五　與古遠清老師訪談

七月十五日可能是實習期間最重要且特別的一天，因為我們要和古遠清老師進行訪談！雖然是用視訊進行，但隨著時間越接近，我的心情也越發緊張，畢竟這是我第一次與作家這麼近距離進行對談。

首先是由梁總經理揭開整個訪談的序幕，畫面就是兩位很可愛的老先生在敘舊、聊天，雖然兩位的年紀都頗大，卻一點也看不出真實年紀，樣態及談吐都讓人覺得二位身體很硬朗、健康，兩人提到對於這次訪談的想法，梁總經理也講述很多萬卷樓的輝煌經歷，經過了一番寒暄和學術交流後就開始了真正的訪談。

　　主要訪談者是中央大學的實習生——蔡侑珊，雖然她是英美語文學系，不過卻相當熱愛臺灣文學，實習期間多次翻看公司內跟臺灣文學相關的書籍，我都覺得她比我們更像本科生，而她聽到可以親自訪問古遠清老師時那興奮雀躍的眼神非常真摯，也很感動我，侑珊一路上都很認真準備這次的訪談活動，與古老師透過信箱聯絡討論、撰寫訪談稿，還有更深入研究古老師所寫的臺灣文學書籍。

　　當真正換她和古老師對談到時，想必她的內心一定很激動興奮，而且我真的很敬佩她的實踐能力，可以說做就做，像我可能機會來到面前了還不一定會把握，這是我想向侑珊學習的地方，她總是有很多的想法，很明確知道自己要的是什麼，在實習過程中她像一盞指引燈，會帶領著我們執行，告訴我們遇到事情該怎麼面對、處理，總之她對我而言像一位姊姊，能認識她真的是件幸運的事情！

六　系刊討論與編輯

　　今天我們都在討論系刊的製作方式與整理文章，終於第一次開始正式地討論，起初我們四個都像無頭蒼蠅一樣，根本不知道要如何下手，也不知道要從哪裡開始，還好有過往五期的系刊跟老師可以參考及給予意見，讓我們有比較清楚的方向可以進行，但徵稿跟找到稿子真的是一件非常困難的事情，畢竟時間很短，沒有辦法一下子就生出大量稿

件，於是我們只能像大海撈針一樣，到處去挖可以用的文章，幸好過去在課堂上許多老師就常常要求我們得改寫小說、散文還有創作新詩等諸如此類的作業，才讓我們能找到不少文章，不過因為這些稿件沒有被編排整理過，我們還得再花時間整理、潤飾所有稿件。

剛開始做時覺得這件事沒有當初我想的那麼簡單，有時候會想不到應該要怎麼修改，還得保留作者原意，修改方向就會比較難下手，一篇文章就需要修改很久，進度整個嚴重落後，但漸漸上手後，可以很快找出不順的語句還有錯字，腦中也很迅速浮出更好替代詞語，讓我很有成就感。

接下來我們也一直想辦法去邀稿跟繼續潤飾稿子的工作，這期間我才發現其實這件事情沒有想像中簡單，也沒有辦法時刻保持專注的狀態，有可能會漏看幾個字或修改錯誤，而且稿子如果比預期中少那無疑是一大煩惱，只好到處拜託系上學弟妹看能不能多寫一點文章讓我們使用。

編輯真是個寂寞卻又非常重要的位置，校稿時不能和別人說話，還得跟作者保持良好的溝通關係，也不能修改到作者想傳達的原意，每天上班感覺都在絞盡腦汁修改稿件，光系刊編輯我就快炸開了，何況是外面編輯部各個編輯手上的文學類書籍，永遠都保持最專注的工作狀態，每次經過他們時敬佩之心都油然而生。

　　本來我們一直認為不可能在兩個禮拜之內生出一本系刊，但是最後我們居然成功了，而且老師說過去往往都是文章不夠，會很容易缺少字數，不過我們卻是文章太多，到最後還把一些文章刪減掉。

　　能在短時間將系刊內容處理好的我們真的很棒，這大大增加我的成就感，更清楚瞭解編輯這項工作到底是如何運作，也感覺自己每天都在進步，我真的很期待看到系刊製作完成的成品，還有總編輯那一欄中我的名字，這本系刊是我大學中最有成就感的作品，我也可以很自豪地跟身邊的人分享系刊的製作還有過程中的心路歷程，是無可取代的喜悅。

七　結語

　　在實習前不了解出版社的工作內容，也沒想過自己有機會到萬卷樓實習，體驗出版社的相關工作，很高興在大學生活中的最後一個暑假有機會可以認識出版社。

　　起初我還抱著體驗的心態，直到開始派發工作給每個人，才真正有了正式上班的感覺，肩上也多了一份責任，雖然過去從未接觸過類似工作，深怕自己會給大家帶來困擾，所以每個細節都想盡力完成，但還好每個人都很親切，不管我有什麼問題，都會一一為我解答、隨時幫助我，提醒我該

怎麼做會更好。我也漸漸懂得職場上的眉角，與公司前輩相處更加融洽，學到很多在學校課堂中老師不會教的事情，原來除了學校以外的地方還有很多事情都是我們必須去學習的，待人處事及職場倫理都非常重要。

在萬卷樓日子裡，我認識很多人，更重要的是，原本對出版產業的重重迷霧也逐漸散去。這一個月應該是大學四年中成長最多的，不僅充實，也完成當初對自己的期許，很開心自己當初到萬卷樓出版社實習。因為就讀台灣文學系，更想為文學產業盡一份心力，希望未來能藉由在萬卷樓學到的技能，讓台灣文學系更加發光發熱，被更多人所認識。

作者簡介

謝安瑜，二〇〇〇年生，天秤座，目前就讀真理大學的台灣文學系三年級，我很喜歡與人交談，對事務也相當認真負責，學習新的東西總是全力以赴。從小就和阿嬤說臺語，臺語能力非常流利，最近正積極學習韓文，希望有一天可以將它講的和臺語一樣順暢無礙，喜歡吃甜食跟美食，夢想自己能夠有個吃不飽的胃還有吃不胖的身體，這樣我就可以無限品嚐世上的各種美食，身邊的朋友總說我是個開心果，我很喜歡這個稱號，因為看身旁的人開心就是我幸福的來源，所以我很願意逗他們快樂。不過我很不愛出門，能夠待在家當個宅女真的很幸福，朋友也都知道我這個「習性」，所以當我說我近期不出門時，他們也就不會約我出門，或是直接到家裡找我，滿足我當宅女的快樂。

下編

This is a book
—— 二〇二三萬卷樓實習生活

編著者

王俊傑　李玟儀　林雨新　邱亦慈　洪萱宣

孫豫安　莊子怡　陳姿穎　黃崴庭　鄭詠心

無人島上的編輯命脈

王俊傑
元智大學中國語文學系

一 《吾人島》

二〇一九年就讀於淡江保險系時，曾選修過文學院的
文藝編輯學，由淡江中文系的楊宗翰教授授課。《吾人島》
雜誌為最終創作成果——一本內頁三十二頁的生活風格雜
誌。我負責品牌設計和文字排版，為其發想刊名意涵、定調
雜誌性質、設計商標與撰文。

「鬼島無人，吾人鬼島。」

最初以鬼島為刊名發想，鬼島是鄉民在網路用來反諷
臺灣現狀的名詞，自嘲中又帶有真實。以此意象為根基延
伸，我們身處在被稱為鬼島的地域中，在島上存活的「吾
人」即為鬼民，誕生的子嗣即為鬼之子。既然我們都是鬼
的話，這座島嶼就確實為抽象涵義上的無人島；吾人島旨在
傳遞鬼民的生活故事，這些故事零碎如灰煙，細緻到得以傳

播。雜誌內容收錄現今臺灣生活文化相關之事物。

我們背負許多的名字，網際世代、千禧世代、Z 世代、草莓族，也背負世代下專有的壓力形式。身為千禧世代青年，青年們藉由諸多新世代平臺載體積極找尋不同的角度與外界符號來定義自我。碎片化的閱聽環境造就出千禧族群較上一世代更為跳躍、短暫、淺層的資訊接觸判讀方式。綜合上述所言，在這些世代，青年自己都不瞭解自己的情況下，又該如何生存？於是吾人島發想誕生了，這是一本世代內溝通的生存使用手冊，也是一本傳遞資訊給其他世代的文化說明書。小小的島嶼，渺小的人民，用文字與圖片交換著各自的生活方式。

《吾人島》為進入出版產業之鋪陳、人生階段轉化的前言。藉此構築出我對文化傳播和編輯出版的傾向。在這座無人島生存進程中不斷流轉，最終進入島嶼上的這座萬卷樓。

二　萬卷樓與它的巡禮之月

（一）如液體般流動

初來編輯部，梁總經理帶領今日報到的兩位新實習生展開一段進入出版產業的開場白，大致上講解了實習流程與內容，為初生之犢做簡易的心態建構。

始業式結束後前往九樓編輯部，在晏瑞老師的主持下跟各位實習生學姊自我介紹並講述進入出版產業的原因跟期望，初步認識各位夥伴。

實習初日的主要工作為訂飲料與撰寫履歷，藉由點飲料這份工作進入萬卷樓各個部門，在自我介紹的同時接觸各位職員，了解各職位所負責的作業內容。訂飲料雖為一項瑣務，但這項行為會為自身帶來最基礎的認知，形成對於產業實務上的表面見解，得知出版產業內部全貌。

（二）公眾號與行銷傳播

公眾號是微信內的一項功能，類似於臉書的社群平臺，用作傳播品牌與資訊，萬卷樓給每位實習生排定十本書，要將書內資訊排版成十篇公眾號，為傳播工作的一環。

公眾號的圖文編輯排版上手簡易，版塊方面能自我設計的空間寬裕，可以善用創意建造複雜視覺效果，也可簡單排版上傳。秀米中有 SVG 動態圖示可使用，視覺效果很好。設置錨點跟跳轉並不複雜，但重複執行設置的流程比預想中耗費時間。

需要注意的有，有些書為刊物，要確認期號，同時刊物沒有作者，而是主編與副編；複製格式時，要記得修改格式；初版再版、目錄的格式有沒有跑版等小地方也要特別

注意，其餘比照辦理一一處理，注意排版整齊，並無其他大問題。排版期間在思考公眾號作為一種傳播的方式與影響力還有觸及客群，是否有其他傳播方式？需要做的準備和時間、人力成本又是如何？上述都是作業期間能延伸思考之問題。

（三）掃描折返跑

實習第一天，收到掃描一系列林文寶著作的任務，掃描就此成為前三天主要工作項目，在影印室與座位來回移動。

其中需要注意的細節不少，掃描前須先丈量各書的尺寸，翻閱整本書找尋其中彩圖與灰階圖片，抽出含有圖像的頁面額外排放並標記頁數紀錄，含有圖片頁面要在整份掃描後抽出獨自掃描，調整 DPI 數值、設為灰階等等，並儲存在獨立命名資料夾中，流程稍嫌麻煩，尤其手上的書多半都是一面中一頁有圖、一頁純文字，時而需要黑白掃描，時而需要灰階。

後改為直接將黑白與灰階混雜的頁面範圍掃描兩種各一份，並在記事本中標記有哪些頁數是灰階，以供後續調整。圖像上也遇到些許掃描的小問題，時常需要確認 USB 裡的電子檔狀況，彩頁以 JPG 檔掃描會將所有頁數存為獨立檔案，須將所有檔案改成頁數名，作業過程稍嫌冗雜。

掃描完成後得將抽出的那些含有圖文的凌亂頁數一張一張排回書本原先順序，又得再將整本書翻閱一遍。整體過程簡易但也相對耗時，最終完成林文寶十八本書籍的掃描。

（四）校閱，三校校對

點檢為實習期間最根本的工作，在沒有被授予其他任務的期間都在進行這項工作。校閱相比於其他工作，在進行過程中積累了最多的筆記與細節心得。進行校閱的前置作業為學習校對符號的寫法，符號上書寫的眉角不少，要工整且使用得當，如無法肯定正確的寫法皆要向他人請教。

在實際校閱時邊做也邊遇到很多疑難雜症，曾遇過文本中出現多種注解格式的狀況，須將其調整成統一排版樣式，並且年分要統一為羅馬數字；另一個問題是「夾注號內有夾注號」的狀況，後者要改成變體，了解到夾注號（）、中括號 [] 、粗括號【】的階級使用方法。

對於「節錄」內文也有著疑問，過程中無法確定需不需為其潤稿改字。手上內容多為文言文節錄，延伸問題為，沒有原文比對而無法確認究竟是否有錯字與誤植。其餘書本內容多是固定要修改的錯誤與檢查用字上的錯漏，整體上在校閱的過程算是越來越順利。

另一值得探討的問題是「文本中的髒話需不需要修

改？」和「地方性用詞跟髒話，兩者有沒有修改必要的差別？如有的話要如何判斷其中界線。」為此多次向晏瑞老師請教。得出的結論為，因應不同文章性質來調整修潤的界線，細項上還有地方性用詞跟髒話得自我區分，但基本上尊重各位作家學者的文字使用。

實習第一週以《中國學術流變》做校對練習，但因對其文本內容的判讀上較為不擅，閱讀節奏緩慢、效率不佳，便將此書與崴庭的《中國的美學問題》交換校閱。雖從中間章節開始進行閱讀，但其探討議題與遣辭用句皆發人深思並充滿探討空間，在閱讀過程一再深入到論證上的辯證反駁而偏離校閱這個主旨，時而提醒自己加快閱讀步驟成為無情的校閱機器。整體上有趣且新穎。

不同於各位東華實習小夥伴，沒有經過一個月的接觸與練習，對校對這份工作上還很生澀，同時也不同於同期實習生崴庭，在古典文學方面具備足夠的才識與熱忱。在校對上缺乏經驗，只能積極閱讀與查詢。

（五）信件與文化的傳輸接收

由晏瑞老師所吩咐的一份裝信工作。第一次接觸正式信件的寄送，在過程中學到信紙的折法具有一定的禮節與規則，可直接從文字內折外折判別出信件訊息是喜是悲。放進信封時則要將文章起頭的頁面置於信封拆封面，使收件

者易於拆信閱讀。

在這簡單迅速的裝訂信件作業中，間接令我理解到萬卷樓部分承載了兩岸學術活動樞紐的性質，萬卷樓作為一間出版社的特殊定位與其目標群體，如同抽象與具體層面兼具的橋樑，連接學者（學術資訊的上下傳遞）與兩岸（文化方面的左右傳輸）。

三　塑造與創造性的再構

油土為雕塑這項藝術形式的一種媒材，也是我日常中藝術創作所使用的創作方式。雕塑如其名，為雕與塑複合，通過刪去與削減刻畫出曲線與空間、使用疊加和推拉來形塑嶄新的外貌。紙張與紙張的複合、文字與文字的複合，兩者在思想與物質的相加融合後最終彙集為書本，整個歷程也能視為一種雕塑進行。再以另一層面來觀測，實習進程中所接觸到的知識和經驗，也能被視為對於出版認知的雕與塑。將原先對出版社與編輯工作的預想揉合再重塑，同時又不同於一般塑造，再構的過程受到各位職員的教導指點而被附加更深入的創造性，新生出對於出版社簇新且確切的感知。

實習中晏瑞老師會不定時向各位實習生授課，此課堂也就是再構所需要的外力，下述多為課堂中所學習之心得。

八月七日早晨，麵包、咖啡再配合上總編的傳道授業，晏瑞老師以過往的豐富經驗為各位實習生解惑。大家的提問皆具不同面向，以此也能看出每位同學所專注的層面、著眼點與其思索脈絡，主體涵括整個出版產業情況、大龍樹專案內的進程與轉折、排版校稿細項等等。在上課期間有講述到關於五年授權期限和版稅、成本、印量等業界內容，對出版產業有更深入的理解。上述知識與我此時在進行的文書實務內容性質上有所不同，令我開始對產業內的競爭和營運模式與其下各方向選擇產生興趣。

首先談到出版社跟學校的角色定位，學校在推廣實習上有政府與資金的約束，雖出版社也能從其中獲得人才的預先培訓（就無須使用其他平臺錄取員工），但出版社對於學校實習並無強烈的需求與主動性。實習生應在此前提下思索進入萬卷樓的動機。

探討完實習方面議題後將會議主題轉為討論市場面，如「賣給誰，誰要買」、「如何賣」、「裝箱的貨將運輸去哪」、「客群與利益」，實習生可從各項例行性作業中找尋源流或延伸問題，藉以從裝箱、上架看到產業內幕。僅有少量目標受眾，但需求確實存在，於是採行的方式為精裝加外殼，增加書本價值提高單價。

另一日的授課過程則講述到了 POD 印刷和其相關知識、

編輯部該具備的印刷基礎認知。剛好前陣子在研究送印，匯集自己詩集創作將之排版最後再創作封面底。過程中有接觸到送印相關知識：圖片嵌入、字體轉外框、勿使用疊印、CMYK 單色黑、四色黑、複色黑、CMYK 總值不可超過250、印刷圖片 300DPI 是通論、更改輸出預設等等，對送印具有些微的了解，而此次授課講的則是印刷本身，例如印刷機每次只印一臺，最後由人工手動配臺，到了現今由機械抓臺，會在摺頁邊雷射定位點，自動配臺，完成後送去修三邊再裝訂封面。再由印刷擴展討論到行銷層面，學習到特殊製作相關知識，留少數做毛邊本與光邊本的價值出於限量的稀缺性，而特殊製作都是由其負責的公司獨賣，不然會限制市場區隔並轉為削價競爭。

在授課結束後，對於整項流程中不同環節不同角色有更明白的體悟，可用於往後兩者的應對。聽課的過程衍伸出相關問題「除了改變大小、封面設計、特殊印刷外還有什麼改變路徑，能使讀者在後續又出新版時持續買單？」再來是行銷形式，晏瑞老師提到直播賣書、群組等等行銷方法，行銷本身得與時代浪潮與新興話題做滾動式調整；近年開始流行起 Podcast，也有不少以選書、說書為主題的創作者在平臺上嶄露頭角，不知此種數位媒體是否可作為行銷上的可行性之一。

四　《古亭六號出口，右轉》封面設計

　　最初以港式霓虹為設計參考，打算以 Illustrator 繪製線條圖樣，將實習內容與職務變成各式螢光招牌；與各位實習生討論後，將封面風格改定為紙雕與抽象的堆疊，主色調定案為鏽淺蔥。字體使用金萱半糖，因設計時間並不寬裕而使用大色塊層遞，偏向極簡風格的使用方式。

　　理想上是做出向右漸減的圖層分割，但為此就得開刀模，才能有真正物理上的層次感，表達出原初的設計概念。

　　而開刀模就意謂著預算上升，與晏瑞老師討論後，因實際印製需考量到諸多因素，而放棄這項方案。理想跟實行的落差是一大課題，如何以可動用的預算完整表達出作品概念，此意識也是實習活動中之核心要點。

　　「增設扉頁做出漸層」與「上亮膜」成為選擇限縮情況下的兩條歧路，皆可呈現出不同層次感；具備各自特點，得依照主題與想呈現之視覺感受作出抉擇。

　　而此時此刻的我還沒決定好該選哪一個選項，不過在此看書的你大概已經知道了。

五　倉儲結構中的實習意識

　　萬卷樓偶有新書到貨通知，此是機動性任務。當有新書到貨而人手短缺時，編輯部的實習生就會由九樓被派遣往六樓，執行拆箱點書的工作。清數完後搬運至九樓倉庫進行擺放，整趟過程為貢獻體力活之運動。點書並非單純計數與拆封，執行時得確認書名頁、書本內容與封面有無裝訂錯誤，快速翻閱全書檢查是否有明顯缺頁、倒裝等問題等，有諸多事項需要注意，放入搬運推車時也有其特定堆疊結構。

　　將新書移入倉庫時晏瑞老師進來與我們討論排放、庫存與標示方法等等問題，另外還講述到三個要點：一，執行上是否方便、可行、直觀。二，假使要設立一套新的擺位跟存放方法，也要設想其他工作人員進入倉庫後，是否會依這套規則執行，是否有可行性且不繁冗。三，如要做電子、Excel 書目管理，得考量到延伸的人力成本和負責對象。

　　在來回溝通中能了解晏瑞老師想授予實習生的除了基本的編輯部工作內容外，特別著重訓練實習生在工作時的思考方式和對於實際問題的考量，這也是多次進行授課的主因，實習活動不僅是學習編輯技能，也不僅止學習傳遞產業資訊、建立出版業者意識，晏瑞老師有意識並主動地訓練實習生的思考方式、判讀能力和實際可行性。

做出每個行為、實行每項舉動前，都得重複思考「預期目標、執行方式、溝通方式和實際結果」確認腦內將輸出的每句話語，考量其影響力與責任，思考講解的方式能否妥善的使他者接收。「積極訓練實習生思維模式觀念」是鮮少被其他公司顧及到的部分，對此非常感謝晏瑞老師和萬卷樓，一日為師，終身為師。

古亭六號出口，右轉。無人島上的我們在此地交匯，雕琢文字並以書磚堆砌。

萬卷高樓平地起，各位實習生都是蓋書閣的一員。

作者簡介

王俊傑，屬虎，元智大學中國語文學系延畢生。爸爸姓王，媽媽也姓王，我是老虎與老虎所生的犬子，無法成王，只能敗寇。喜愛影像與文化，常閱讀日本文學。偶有創作散文與新詩。

君入萬卷樓，豈能空手回

李玟儀
國立東華大學中國語文學系

一　前言

實習對萬卷樓而言，除了提供場域讓學生瞭解和接觸相關實務外，也從中篩選能勝任業務的人員，或推薦到其他出版社協助就業；對我而言，除了認識產業發展，體驗相關業務和職場生活外，也增進應對進退的技巧，從觀摩和提問中發現、檢討與改善問題，繼而確認出版業夢想是否為真。

二　一機在手，不若萬卷在案

晏瑞老師讓我們撰寫履歷和模擬面試，嘗試進入社會與職場的前置準備；透過新媒體發想、編輯與實作企畫文案；最後以編輯部與業務部實務體驗出版社流程，鼓勵我們主動發問，即時解決問題，獲得更多一生受用的智慧，繼而享受工作生活中的各種挑戰及解決問題的樂趣。

（一）職涯規畫

晏瑞老師以履歷模板讓我們自由增補，並以問答引導思考、檢討初版履歷問題，給予回饋修改以定稿。常見問題如缺少參與活動、比賽成果證明。還點明履歷目的為找工作、生涯紀錄回顧和未來職業規畫。提醒履歷應隨時更新，清楚呈現近況與過往紀錄，依職缺需求客製化履歷而獲得面試機會後，仍須靠面試技巧展現能力虛實，據履歷內容作為溝通依據。

晏瑞老師讓大家參與或觀摩模擬面試，透過實際問答與反饋改善自己面試缺失，理解產業需求與面試官心理。只可惜因時間因素，無法親自參與模擬面試，因此彙整面試檢討與回饋，可分為「準備」、「過程」及「事後」三階段。

「準備」是為了留下良好第一印象。服裝需保守、合身且乾淨，表達對面試場合的嚴肅和尊重；遲到或太早到都是不守時，因此要預置時間，且面試物品應簡單俐落，才能夠從容在前十分鐘報到和整頓，維持最佳狀態面試。

面試「過程」諸多細節不可錯失。如面帶微笑打招呼，創造輕鬆、愉快的面試氛圍。面試官用有意義和目的性的固定問題，在問答中引導、測試面試者臨機應變的真實反應。固定問題可分為兩類，個人特色與職業能力。前者如「自我介紹」考驗精準介紹自己優勢；以「課外活動」展現跨域學

習能力；從「最大成就／收穫」呈現個性、口才及檢討改善的特點。後者則呈現面試者是否為職場即戰力。如「對公司／職缺瞭解程度」展現真誠與熱誠，若不清楚答案可誠實答覆，否則回答太簡短，容易被引導到無法回應。

因為所有問題都是測試面試者反應，因此「事後檢討」時，晏瑞老師說應脫口罩，才能看到真實、融洽反應。若怕脫口罩可用感冒應對；言行應落落大方，用微笑或幽默來創造現場融洽氛圍，拉近彼此距離。須直視對方說話並同時思考後續內容，讓對方感到尊重及內容可信度與真實性，若不好意思可直視兩眼之間。

此外，因文化出版業圈子小而資訊傳播快，若成功錄取，在試用期須主動爭取機會，建立個人口碑。若一直換行業，只在基礎工作流動，無法累積資歷而難以深耕發展。我們應把握剛畢業三、四年間最大的年輕資本，尋找、嘗試及確定適性職業，一份工作維持半年以上展現穩定性，才能培養資歷和能力來商議薪資，在職場發揮所長。

（二）新媒體——微信公眾號練習與選書企畫

晏瑞老師讓我們用秀米編輯公眾號新書推薦介紹。編輯過程，須透過萬卷樓臉書粉絲頁找書籍資訊，並參照書封與內文整體，選擇分隔線與標題合適的美編，增添閱讀趣味性。此練習雖簡單，卻有更多時間和空間探索、深度學習，

如同出版業事務容易上手，但很繁瑣和孤獨，如何在枯燥卻純粹的任務中，釐清箇中邏輯規律，方能改善缺陷而進步。

接觸並熟悉新媒體運作模式後，要進行公眾號書籍推廣企畫。不再是簡單複寫與美編，而是以學術風格為核心，並自由決定選書主題、排版和推銷內容，選擇萬卷樓出版過的五本書，搭配暑期七三折專屬折扣碼來行銷推廣。

除了參考原先書籍資訊、封面、內容與作者介紹和目次的架構外，此企畫將考驗如何令現代習慣短文或影音聲色刺激的人們為之駐足而想下單。

因此我選擇內部超連結的「錨點設置／跳轉」設定在圖片或目錄書名，讓觀者自由選擇是否繼續深入瞭解此書資訊，並在每個小階段結尾設置「返回目錄」及「專屬折扣碼」的錨點跳轉，來重新看其他選書而順利使用折扣碼。

此企畫實作，我認為最難的是下標題、文案與排版，如何吸引更多客戶，介面方便操作令人想繼續瀏覽而產生購買慾望等，都是後續培養課題。

事後透過微信公眾號後臺查看市場數據，如點閱次數和分享途徑等，分析實習生企畫效益，以達成跨界宣傳效益，改善原有方案而回歸讀者初衷，令眾人在電子化世代，能夠紛紛重新拿起紙本閱讀，享受親自探索知識的快樂。

三 一字千金──編輯部

編輯部最初並非讓我們按部就班實習出版程序，而是像全能機動人員般，隨機發配不同階段的任務讓我們合作完成。最後透過合力製作實習成果書，完整體驗出版一本書的所有程序。於此將按照出版程序，統整編輯部實習內容，並約略分為編輯初期、中期及後期三個階段。

（一）初期──稿件整理、文稿打字及體例統整

稿件整理是協助子怡和亦慈將《國文天地》PDF 檔轉Word，並截圖照片或表格以重新排版。我負責《國文天地》四三九期（三十七卷七期）的臺灣古典詩社系列專輯（一）臺灣瀛社詩學會專輯。若轉檔會嚴重跑版，再調整很繁複，故採分批複製貼上，順道檢視文字是否有誤或闕漏。

未進行文稿打字的實習工作是因其只能練到打字速度和倉頡輸入法，故晏瑞老師說明打字人員工作性質來補充。因其只會打字，十分鐘一千字，其餘文稿細節由編輯處理。故編輯稿件需求範圍要清楚規範給打字人員，否則對方會自動打完整本，導致多出無用的文字檔成本。

體例統整則是將上述文字檔初步排版成各級標題、作者職稱、內文與引文等可快速辨別的內容樣式後，再進行排版樣張草稿與樣張確認後，便交付排版人員正式排版。

（二）初期——排版樣張及樣張確認

其中的排版樣張，有幫忙宛妤編輯的《空谷幽蘭——洪惟助教授八秩華誕祝壽文集》圖版落版草稿。除了符合裝訂和預算頁數，及兼顧照片清晰與圖說方便閱讀外，若印彩圖須集中前端或後端，若分散則須整本全彩而成本高。即便可插頁零星彩頁，仍會有多出人工成本或裝訂錯誤的可能。

圖版落版先預估每個段落排版分配和頁數，用藍筆從頭編碼每段圖版，紅筆改圖說編號以符合新規格，刪除錯誤書眉篇名，用編輯專用透明格線尺標示照片裁切位置。最後用鉛筆簡筆記錄在落版草圖紙，讓排版人員參考製作每一頁排版與確認的草圖，以減少事後不符編輯需求，進而重複調整和修改之情形，避免徒增彼此困擾。

因為落版要在只剩下一個多小時的中午前完成，令我匆忙邊看邊分配圖版，後來因有問題等待詢問機會時，先自行標記並預估每個段落排版分配和頁數預估，掌握整體後細調反而進展順利。雖然最後下午一點才完成，但也習得在壓力中，仍要冷靜思考整體，以便有條理分析、從容處理細節，才能順利將草圖交給晏瑞老師確認和調整落版草稿。

（三）中期——書號申請

書號申請由以邠姊說明如何在國家圖書館全國新書資

訊網申請國際書號（ISBN）及 CIP。首先，申請對象可分為
個人、廠商（出版社）和政府；工作天（不含假日）約七天。
其次，因填表時間限制一百一十九分鐘內填完，故須備齊相
關資料，如書籍概述、關鍵字、排版定稿印刷前之書名頁、
版權頁、目次及序或前言等清樣影本。

此外，因為能在定版前申請書號，故其中定價、頁數（初
排頁數或排版後頁數）和出版日期（申期月分往後三個月或
作者指定月分）等，可後續傳真或寄件給國圖更新，現在只
須透過現有資料預估即可。

（四）中期──校稿與對紅

我們主要接觸到三次校稿的校稿和對紅。校稿分為死
校和活校，前者確認完全符合原稿與否，後者多了編輯潤
稿。但隨文字載體變化，步調由慢到快，雖然從最初以手稿
與作者討論達成共識，變成電子檔校稿與遠距確認內容，但
編輯始終是不斷與文字和人群溝通的角色。

（五）中期──一校校對

協助雨新和詠心的《藝采台文：真理大學台灣文學系
年刊（第七輯）》。我分到小說後半、繪本賞析、影劇評論
及華文／臺語新詩四個主題。內容雖普遍為學生創作，但錯
字較少，較多是語言不通順、冗詞贅字或標點符號誤用等問

題。

（六）中期——二校校對

協助宗斌編輯負責廖中和老師的《腳踏中西，依稀猶學術續編》，主要是改正錯字，如需／須、闆／板、佈／布等，透過閱讀文句分析和教育部重編本確認，學會許多古典用詞，令人受益良多；或視情況潤稿犀利明快評析中西政治文化的散論，但其文筆極好，幾乎無須潤稿。

（七）中期——二校對紅

確認作者修改的稿件，是否符合原稿編輯校稿記號，若修訂就劃掉原記號，未修訂則於稿件上方貼標籤紙標記，並補上原有標記以便後續修訂。我和豫安協助婉菁編輯負責范增平老師的《茶藝應用領導學》。雖然是初次對紅，但多虧之前旁觀豫安對紅並協助辨認校稿符號而熟悉，很快就上手。

與萱宣及姿穎幫宗斌編輯對紅松尾肇子老師著、靳春雨老師譯的《雅詞的受容——中日文人對宋詞的期望》。此為日文翻譯作品，要注意中文和漢字細微差異，多虧宗斌編輯貼心寫上中日漢字對比，才能確認修訂文稿是否正確。

（八）中期——三校校對點檢

三校校對點檢是二〇二三年大龍樹專案，晏瑞老師要

我們在八月十八日前，分工完成大龍樹專案的二十九本書之版權頁、封面、內文及目次的三校點檢。

此次校對須通讀封面和內文，改正明顯錯／漏字，保留對岸用詞後潤稿，使邏輯通順，並在工作流程表（點檢表）記錄完成日期，最後才能出清前送回原出版社。

其中封面點檢須備註內文／作者簡介原出版社的參考資料，注意作者誤植與否及對照 ISBN 正確與否；內文也須統一體例，如數字間距一律用半形連接號、參考資料出版年份一律羅馬數字、圖版編號和圖說間全形空一格等。

最初依照單行本或套書及平均頁數，儘量平均每人約三千三百的頁數，安排每週以出版社為單位完成的進度。我原先分到七本，有中國人民大學出版社的《清代社會的賤民等級》、復旦大學出版社的《中國的美學問題》、湖北人民出版社的《馮天瑜選集第二冊：中國文化近代轉型管窺》、《馮天瑜選集第五冊：新語探源：中西日文化互動》及四川人民出版社的《王世貞史學研究》、《道的生成與本體化:論古代中國的本體思想》及《四川文化簡史》。

檢查完以上書封後，再經以邠姊修改建議各自調整。基本上要統一相同作者／內容簡介，與原出版社資料大致相符則無礙。其中《中國美學問題》內容簡介須增補，目前點檢的版本反而偏離原書內容簡介主軸。

　　後來因業務部新增任務，故調整原先分配。最後我點檢完《清代社會的賤民等級》及部分《宋元文學與文獻論考》。兩者主要是參考資料注腳位置不對，引文標點符號位置錯誤，詞序不合教育部重編本，參考資料出版年分須改成羅馬數字，及「制／製」、「發／髮」等正體字和簡化字轉換問題。

　　晏瑞老師說明為何統一並維持大陸用詞會無傷大雅，如大陸北方的「姥姥」改成「外婆」就少了情懷。由此突然意識到現在三校點檢的大陸書籍其實是翻譯文學。相似語言令人遲疑於是否該校潤措辭和語法，熟悉反而阻斷翻譯文學是認識、聆聽與交流不同文化的橋樑。聽完說明後，校稿不再枯燥乏味，逐漸習得大陸學術風貌與用詞特色，在獲取新知過程感受不同文化魅力。

（九）中期──稿件掃描

　　稿件掃描由以邠姊解釋，當稿件整理完相關意見後，依修改多寡決定紙本或電子檔以方便排版人士修改；並因有無標籤紙或裝訂，而選擇送紙臺或平臺掃描方式。此次大龍樹專案的書是選用整本掃描，方便後續修正作業流程。

（十）後期──清樣製作／確認／修改及正式印刷

　　清樣製作是稿件完成後，印刷廠會給樣書讓編輯和作者確認版面正確與否，如多出白頁或少內容等，並非改錯字

階段，其應於校稿期完成。但通常會通融改錯字，但仍有修改上限，否則進度會拖延。當清樣確認、修改完後，為了避免作者事後不滿意而虧損成本，會讓作者確認後簽切結書以確保責任歸屬。最後會依據樣書確定是否接受成品，若有印刷錯誤，責任承擔依情況歸屬於編輯、出版社或印刷廠。

（十一）後期——交寄入庫

以邠姊說會議室裡都是萬卷樓出版過的書，出版過的書除了送去國圖典藏外，會留一本當編輯部用書，方便編輯參考製作類似格式的書籍；作為作者來訪或來稿時，討論出版類型的樣書；給印刷廠參考樣書特殊封面紙質或版面設計。接著介紹上架要看內部書號，其順序為叢書號二碼、叢刊號二碼及出版編號二碼，上架按順序排列，如此編輯要用時比較好找到。

此外，和豫安協助崴庭、俊傑兄上架調整。因為此倉儲間主要放置有訂單的絕版加印書，但此倉儲空間小而精，故須先調整好序位，讓書架上同類書只剩一摞，剩餘的書先裝箱並於外部標示，才能讓後續印好的書有位置放。

上架調整的前置作業，是將以邠姊做的書號和書名插條清單，經過切割和對折後，再插入每種書第一本中間，以防被吹走。接著將小本書全部上架並堆疊一起，可透過書號條紙辨認種類分層，再左右交疊不同種的書脊位置快速辨

別；根據每箱收納超出預期位置的書號，去找對應條紙寫上「幾箱／幾本」，以便未來尋找庫存。整理過程中，看著曾經掃描過的書變成實體書後，令人倍感欣慰當初掃描的等待與確認沒有白費。

上架調整完後，瞬間多出許多倉儲空間，看見空位上尚未到貨的近史所絕版書重印的書名條紙，令我想起當初在百通拆書、掃描及等待存檔完成的時光，不勝唏噓美好歲月總是眨眼間流逝，各種交流總在碰撞中蛻變而成長。

（十二）後期——資料歸檔

資料歸檔由以邠姊說明如何確認萬卷樓出版過的書。比起舊版格式，新版「萬卷樓編輯部出版工作流程單」，有更多詳細分類和更清晰的版面。

我們從契約書確認是否有銷售或數位授權、估報價單和出貨單等相關資料是否勾選，重算收支表數據正確與否、編輯負責人有無簽章等諸多確認事項，裝進資料袋裡保存。最後用「萬卷樓圖書再刷資料單」填寫：書名、內部書號（叢書號二碼、叢刊號二碼、出版編號）、頁數，定價、版次、日期、印量和廠商等資料，讓此書印刷資訊一目了然。

（十三）帶八月新實習生

承蒙晏瑞老師信任，讓我有幸負責統籌規劃帶八月新

實習生的任務。晏瑞老師讓我們互相自我介紹，並讓東華實習生回答「我們為什麼來實習？」「七月實習感受如何？」「期待八月實習能獲得什麼，期望自己給予新生什麼？」等問題讓彼此破冰與互動。

（十四）帶八月新實習生──新生訓練

接著用自製並與東華實習生討論過的《2023 萬卷樓新生指南》，分為「環境介紹」、「新手任務」及「隨機任務」三大部分，讓俊傑兄邊看邊提問，再適時補充講義細節後，讓俊傑兄進行新手任務，並請姿穎教學安裝字體；萱宣則是秀米公眾號練習與推廣教學。

午休時，帶俊傑兄認識九樓編輯部、六樓業務部環境和同事後，再請豫安教他訂飲料，此為考驗是否有溝通能力的一關。想到當初訂飲料時，和豫安一起自我介紹並認識同事及其職務的過程，從緊張到從容的變化令人印象深刻。因當初只認識業務部的行政部，故陪同並幫忙俊傑兄統計六樓業務部的飲料，以更詳盡認識萬卷樓全體同仁。

（十五）帶八月新實習生──掃描教學

此外，製作百通格式的掃描事項講義，輔助俊傑兄掃描林文寶老師的兒童文學書籍。晏瑞老師親自示範萬卷樓印表機掃描操作，不同於百通便捷介面與高效率流程，從用尺

測量書籍長寬，到從設備找出清理掃描臺或精準觸控板面的小裝置等細膩卻詳實的步驟，讓原本在百通體驗機械式掃描，變得更加有趣且豐富，感受依然存在於當下的悸動。

四　萬卷成樓──業務部

在業務部主要幫忙電商部上架門市和外版書於網路書店前期作業及國圖專案；協助進出口部清點、裝箱與打包。電商部阿標表示，因現在越來越少人到實體書消費，故今年目標是建立網路書店並擴展電商市場。

（一）電商部──網路書店建檔

網路書店上架的前期作業為庫存建檔和掃描封面，以便日後快速調閱及確認庫存。欣怡姊說明建檔流程，「清除櫃號」讓建檔書櫃歸零、「櫃號修正」的過程，幸運是能聽見順暢的刷條碼逼逼聲，興奮是能解謎各種無條碼的疑難雜症，在對照售價、資訊完整度及庫存等數據而破譯當下，那成就感令人心曠神怡。最後獨自建檔四櫃門市書櫃。

（二）電商部──外版書建檔與掃描

外版書建檔跟在門市建檔相似，只是多出掃描書封和封底以作為商品照的步驟。最後和豫安合作完成約三百六十五本，共十三箱。過程中觀摩主管層討論，學到清楚表達

流程思維與「大膽假設，小心求證」重要性、實踐理論時須不停修正預期或意外的問題，才能得到當下最完美的解決辦法。然而，正所謂「大成若缺，其用不弊」，若能保留討論與嘗試空間，並隨環境調整，才能靈活應變各種挑戰，享受工作多變性。

（三）國圖專案——理貨、打單及裝箱

理貨、打單和裝箱是協助國家圖書館出版品國際交換處的專案。先和豫安合作完成送到西雅圖和英國的書籍，理貨、打單和裝箱須按打單編號順序，並註明箱號以便清點。如此將能有效率將大量的書在國圖一次依序上架，方便確認數量和抽樣檢驗採購清單。

其後我負責泰國訂單理貨，當發現版權頁與清單上的書名、作者、出版商及出版月分不符時，彷彿回到童年在一大片草叢中發現各種瓢蟲的快樂。

（四）進口部——拆箱、找書及分裝

進口部實習之主要工作為和豫安協助欣怡姊拆箱、找書和分裝中國進口書給文史所、臺大、國北教、東吳、史語所、近史所及政治所的箱子。

找書和練習裝箱的空間分配過程很有趣，但長期下來會疲乏。後來轉換思維模式，從最初與豫安各自在一整排尋

找書，變成各負責一半，挑戰誰先找到，或提醒在對方那半的遊戲模式，使實習不再枯燥而充滿樂趣。

建檔和拆箱、找書、分裝過程皆是重複性工作。前者初期十分新鮮，嘗試處理突發性問題也有成就感，但長久會枯燥乏味。阿標說此為創業初期要克服的問題，使我明白從基礎工作中累積經驗，逐漸上手後應改善流程達到最高效益，在跟上現代趨勢同時開發天賦，方能享受人生各種挑戰。

（五）出口部——近史所加印書清點、上架及典藏

與豫安協助以邠姊將近史所絕版書加印書清點、上架及典藏。這些書是有訂單才少量數位印刷（POD），故能降低倉儲成本。上架依書號排序歸位。

書號中間兩碼是叢刊號，可分辨書籍類型，如 01 史料重刊、02 專刊、03 論文或演講集、0B 平裝本及 04 重刊等。再依其後續兩碼的出版序號上架。

知道編號規律後，尋找典藏到國圖的書如魚得水。在搬書、運送與上架期間，短暫卻昂貴的重量訓練，令我敬佩正職人員平日只有自己處理這些沉重智慧的辛苦，也敬佩最初從看似混沌卻充滿規律的世界中找到解方的智者。

（六）出口部——打包代編、代印書

我協助以邠姊打包朱恒發老師請萬卷樓代編代印並出

口中國的《說文段注·拼音通檢》。首先須換成堅固厚紙箱，邊緣膠帶加固且內部套上防水袋。裝箱以平放最安全，但為減省空間須交錯直放，其因有書殼才不怕變形而書背朝上直放，填滿空隙以降低重壓變形或運送爆開的可能，在最上層鋪紙板，避免拆箱時劃傷書。最後用打包機將紙箱綁上打包帶，這次大箱用交錯疊壓的井字帶，若小箱則是十字帶，方便提箱且更穩固。

　　整個過程像孕育新生兒，在合理條件下盡己所能給予幫助後，在不期盼也不干涉下，任其自由發展下去。

小結——一字千金　萬卷城樓

　　萬卷樓實習皆是簡單上手的任務，但處處充滿嚴密與有趣的細節，一字一句充滿千金難換的智慧，透過編輯部與業務部合作，方能出版並推廣凝聚眾人心血的萬卷樓。

五　近史所專案——百通科技股份公司

　　因萬卷樓與中央研究院近代史研究所絕版書重印專案，故派實習兩個月的東華學生協助專案。

（一）絕版書重印掃描

　　我在七月十九日與萱宜學姊交接，並於七月二十至七月二五日到百通科技股份有限公司掃描近史所絕版書。此

專案書籍雖然只有一百三十多本，但因一種書籍可能是單行本或套書，因此遠超過一百多本書要掃描和後續處理。

掃描書籍前將書衣／殼從書脊分開，切除裝訂處後確認紙張分開即可。通常是用座位旁小影印機掃描，若字太小則須到機房解析度大的影印機。一整本書黑白掃描後，先用DocSetter 展開所有頁數介面確認頁碼，記錄特殊版面位置，若有缺頁可用 DocSetter 插入補充掃描的檔案。

之後將彩圖、灰階圖及拉頁掃描，檔名備註頁碼或相對位置，方便百通美工後續處理。此外，我用廢棄檔案嘗試DocSetter 去除汙點、調整字體及版面角度等功能。最後我掃描完平均七百多頁，共三十一本的絕版書

在百通實習經驗體驗到，因實習生做專案中最基礎的掃描，流程重複性高而簡單上手，若不主動抽空詢問、觀察周遭運行模式和對話，將一無所知，無法在機械操作中尋找更有效率的方式，難以改善原先流程而精進工作品質。

（二）廠務部參訪

百通二樓廠務部前端作業區，除了一臺能保護紙張的上膜機外，還有三臺黑白機能平行雙面同時印刷；一臺每分鐘印一百四十張，最長印九十公分的彩色機，但因單面迴轉印雙面，故可能會卡紙，或因速度過快而顏色辨識有誤差。

後端作業有兩臺油壓切割機、半自動或人工各一臺的膠裝機及工人。印刷版面有一張兩本書的「雙膜」，及一張一本書的「單膜」。前者留邊以防膠裝溢膠，事後再切除；後者常為講義類而留邊。

廠務負責人說時間和數量是現在出版業關鍵，因現代節奏快速和閱讀習慣改變，如紙本使用率下降，故百通數位印刷是接單才運行，印刷形式少量多種，故無庫存問題。

在百通交接並觀察機房作業流程，深刻體會到科技像一場工業革命，機器雖然遵循人類指令而謹慎行事，卻無法臨機應變或觀察原先運作邏輯推演，以確認自己辦事是否符合未明講的指令，若像機器一樣只會按表操課，將會被時代革命潮流淹沒，願自己在社會洪流中依然擁有自我。

六　登萬卷樓有感

「君入萬卷樓，豈能空手回。」在萬卷樓實習除了獲得編輯與業務相關實務經驗外，也瞭解出版產業過去發展、現在集團或公會化概況與數位印刷優勢，及未來面對電子化時代的各種挑戰和構想。

感謝大家細心指導與耐心協助各種問題，特別是梁總經理、秀惠姊、晏瑞老師、以邠姊和阿標的解惑與提點；謝

謝萱宣、姿穎、豫安、亦慈、子怡、詠心、雨新、俊傑兄與崴庭的幫助，於暑假留下在萬卷樓實習的美好回憶。

最後以梁總經理分享人生經驗收尾，其親切勉勵如下：

（一）三常

「正常」對待實習生，體驗與學校生活不同的職場環境，沒有期待沒有傷害，才能以「平常」心面對未來職場生活，即使人生「無常」難以預料，我們應要順其自然接受奧妙的緣分和命運，讓自己擁有平安快樂與幸福的生活。

（二）獨立自主

無論是生活還是職場，都要有追求目標，但不能好高騖遠或人云亦云而隨意轉換跑道，或許當下事務還沒精熟，尚未發現改善並增進自己的機會。因此要學會自主思考、判斷此時趨勢，讓自己隨時把握機會嘗試，最後方能獨立自主，成為能適應、享受及包容各種變化的人。

感謝梁總經理無私分享，令晚輩受益良多，終生受用。

作者簡介

李玟儀，屬蛇，臺中人。在東華中文系有效期限還剩一年，喜愛中文博大精深帶來超時空體驗與樂趣。為實習上臺北，每天睡地板、手洗衣服、弄早餐和刷牙，重溫宿舍時光。有空思考警衛三大疑問：「你是誰？你從哪來？你要去哪？」

探索編輯之路

林雨新
真理大學台灣文學系

　　每本書在被大家看到之前，一定都得經過出版社，這條必經之路包括了很多程序。而我對於出版社的瞭解在我踏出萬卷樓之前大概只有一半，對於出版社這個產業我依然是帶著好奇，希望可以在實習期間解開自己心中的疑惑。

一　初見

　　我會選擇到萬卷樓實習的原因其實很簡單，就是希望自己可以利用暑假期間體驗看看職場生活，因為我的打工都侷限在餐飲或是服務業，所以想利用這次的機會體驗看看出版產業。

　　如果是三年前的我，一定會覺得暑假就是要好好休息、好好玩樂，不過今年暑假結束後就升上大四了，不適合再過著無所事事的生活，所以希望自己可以藉由產學合作的好機會，找一個自己有興趣的行業來實習。

　　進到萬卷樓第一天的重點都在認識環境跟同事，我想應該是想讓我們能更快進入狀況，所以並沒有特別分配事務給我們，只有讓我們到各個部門稍微看看和介紹一下他們平常負責的事，第一天主要還是希望我們能先熟悉一下出版社的氛圍跟運作。

　　如果要我形容萬卷樓，我一定會說它麻雀雖小，五臟俱全，我想像中的萬卷樓應該會是一個很寬敞的環境，但實際上的辦公空間並不大，可能也是因為身處於住商混合大樓裡的關係，所以整個空間配置比較像是住家，不過或許也是因為這樣小小的，所以不會給人帶來過多的壓迫感。

　　熟悉完環境後，心裡一樣期待，不知道何時才可以真正靠近編輯這個工作，這次的實習以期待的心情揭開序幕。

二　重新定義出版社

　　我不知道大家聽到出版社第一個會聯想到什麼，不過現在大家通常都覺得出版社是一個虧本生意吧，畢竟現代不像以前沒有手機，只能購買實體書來看，現在大家不管是閱讀還是購物都會選擇使用手機了。老實說，一開始我也會覺得現在科技那麼發達，出版社真的還會有市場嗎？不過在我真正接近出版社後，我才知道雖然現在看書的人減少，但數量還不至於對出版社造成多大的影響。

　　而實習生主要是待在編輯部門，除了晏瑞老師分配給我們的工作外，其他編輯們時不時也會進來詢問我們能不能幫忙他們手上的工作，不過我們所接手的都會是很基礎的內容，例如對紅、校對等等，但也因為實際去做才知道這些事情並沒有想像中容易，因為每一份稿件都是用疊來計算，所以很容易疲倦，但比起這個，其實我覺得更困難的是要對 Word 檔跟書籍上的文章有沒有錯字少字，這項工作會讓眼睛很痠很痠，我想會不會是因為做編輯最需要用到的是眼睛，所以編輯們才會大多都近視。

三　出版──編輯部

（一）製作公眾號

　　萬卷樓在大陸圖書的流通方面，是最具指標性的書店，也是因為這個原因，才讓我們有機會接觸到公眾號，製作公眾號就是為了要將書籍資料推廣到大陸，簡單來說就是打廣告，其實在這之前我完全沒使用微信，所以對我來說也是一個很特別的體驗。製作公眾號就是我們第一個禮拜最主要的任務，我們使用秀米來進行編輯，雖然有固定格式能讓我們做起來更快速，但我們還是可以從秀米選擇自己喜歡的素材來做設計。我自己的設計也是改了又改，希望能夠找出最適合那本書的版面，讓書跟設計可以有同一種風格的

感覺，使畫面看起來不突兀。

在製作之前，我先上微信看了一些已發布的公眾號，畢竟我對公眾號真的很不熟悉，看了才知道不是每一篇都有很高的閱讀量，甚至有些只有個位數。但只要閱讀量有增加，不管多或少，我們編輯那麼久的成果就不會白費，畢竟每種書都有不同的客群，不是每一本書都能引起大家興趣，更不是所有廣告都會投入到大眾眼光，所以成功引起顧客興趣，讓他們願意點進去查看才是我們的首要任務。這個工作安排可以讓我們學會關於新媒體運用，我們不僅可以實際用自己的想法去設計，在最後做好的地方也可以留下自己的名字，也算是一種紀錄。

（二）對紅及校稿

關於編輯的事務我們一般都是做校對跟對紅的工作，雖然沒有很艱難，但做久了或是同個稿件看很多次了難免會覺得累。待在編輯部其實也可以體會到編輯的辛酸，例如我們會聽到編輯在跟作者聯絡，有時候是跟作者溝通不良，有時候甚至是約好的時間到了卻聯繫不到作者，遇到這種情形編輯也無可奈何，只能不斷寄郵件、打電話，重複這些動作直到作者現身。

編輯是一個很孤單的工作，畢竟做事方式都是自己處理自己負責的部分，不太需要與同事溝通，工作氣氛不會是

鬧哄哄的，在辦公室裡面聽到的也都是敲擊鍵盤跟滑鼠的聲音，在自己親身經歷過編輯的日常後，也蠻佩服編輯，因為這個工作確實是蠻枯燥乏味的，能這樣持續堅持下去也很不容易。

可能大家會覺得編輯要負責的工作不就那幾件事情，但編輯的工作內容每一個都需要花費很多精力，除了挑錯字以外，還要修潤文句，抓出邏輯不通的地方、標點符號誤用，也就是說編輯不只是要找出稿件是否有錯字，也要幫作者潤潤稿，讓稿件讀起來是順暢的。雖然這項工作聽起來並沒有很困難，但如果看到那些殘破原稿，可就沒那麼簡單了，其中最需要注意的就是做這些事，都必須在不擅自更動作者原意的基礎下。

幫忙編輯對紅時，看到最旁邊寫了好幾行像對話的字，當下本來因為字有點潦草，所以沒特別認真看，但怕會因此錯過一些重要提醒，還是停下來看了。我看到作者在旁邊寫上好多看得出充滿不滿情緒的話，而最重要的就是「請勿擅改」這四個字，我還真的被震驚到，這樣也算是真正見識到有關於更動原意而引起作者不滿的實際例子。

除此之外我也觀察到一個很有趣的現象，有些作者用字很特別，有些甚至連看都沒看過，但其實有很大的可能是作者故意設計的，並不是真的錯誤。所以要說編輯的工作很

簡單嗎？其實一點都不，除了要改錯字外，還要去瞭解作者平常到底習慣怎麼敘述一件事，才不會誤刪掉作者最初想表達的特別意義。

（三）整理加印書籍

加印的書代表銷售是不錯的，每一本書加印的數量都不少，我們要拆箱來按照書號排，我想都沒想過這個工作是編輯要負責的，原來編輯除了處理稿件這些工作之外，還是會需要搬書做整理，不過書架區那裡是沒有冷氣的，所以我們每個人到最後都滿頭大汗。

四　系刊

實習期間每一個小組都會負責編輯一本書，而我們這組便是負責將系刊編輯好，像這樣從頭開始，才能讓我們更瞭解編輯一本書的難處。

（一）校稿

關於編輯，我本來認為作者在交稿件前都會先進行自我檢查，但真的從頭做起才知道有些稿一開始真的不堪入目，不會只是要找錯字或是潤潤稿而已，那些明顯的錯誤，例如重複的字等等的都會在要進行第一次校稿時出現。

（二）申請書號

申請系刊書號是我負責處理，雖然有在課堂上練習過，不過這次是真的要將資料發送到國家圖書館，有一種身負重任的感覺。要寄的資料很多，需要全部重新整理，還要請系主任簽委託書，因為這樣才可以使用萬卷樓名義和國家圖書館申請書號。過程中我也不是一次就成功搞定，其實有被國家圖書館打來說有資料需要修改，要修改的地方就是我在打總策畫的時候有兩份資料名字順序不一樣，所以國家圖書館要我將資料資訊統一，我才知道原來連這種小小的地方也是要特別注意。

（三）收穫

在編輯系刊時我也有了一點小收穫，我發現在這過程中可以更瞭解同學，因為閱讀到很多平常沒什麼特別交流的同學所寫的文章，像是創作詩或是散文等等，都是按照他們自身的故事來做發想，就感覺像是在聽他們分享故事一樣，所以我覺得創作也算是一種抒發，可以把自己的故事包裝成一首詩或一篇文章等，也是特別浪漫的事。

五　編輯須知

就我觀察，當編輯最重要的條件有兩個，第一個是一定要細心，因為初稿一定會有很多地方需要修改，如果不夠細

心的話就容易漏掉錯誤，畢竟檢查本來就是編輯的責任，不夠仔細的人可能就沒有辦法勝任。再來就是要很有耐心，因為稿件要經過很多次的校對，就必須得要重複閱讀很多次，沒有足夠的耐心恐怕沒辦法接受要不斷地重複做同一件事。

除了這兩個我發現有的編輯姐姐記性好好，我不知道這是不是必備條件，但我蠻佩服的，因為我自己是一個記性極差的人。每次晏瑞老師隨便說了一個書名，他們總是可以快速找出然後拿給晏瑞老師，又或者是我們在整理書的時候，中間有缺幾本，他也可以很快速地知道這本書已經被借出去，我真的甘拜下風。

六　銷售——業務部

除了待在編輯部，實習生們都會兩兩一組輪流到業務部學習，不過我們這一組比較特別，可能是因為得到了業務部的厚愛，導致後面的時間會很突然地被吩咐要下去幫忙，但我們也確實因為這個機會學習到了很多。

（一）修正櫃號

業務部主要是在處理販售的通路，而我們一開始先協助他們修正櫃號，將排序都理清楚，目的就是為了要讓他們在找書的時候可以更加快速。

萬卷樓設有門市部，還是會有讀者來逛逛和選書。比較麻煩的是門市不像圖書館有專門放回收書籍的書車，導致有些讀者看完書可能會放錯櫃，讓原本排序亂掉，如果業務部處理網路訂單就容易找不到書，所以我們要把書架上的書都拿下來重新刷書建檔，這項工作花費不少時間。

（二）整理書籍及書號

在業務部的時間我都會思考萬卷樓的客群分布，因為萬卷樓出版的書通常都偏向學術類居多，如果不是因為身邊的書隨手可得，老實說我根本不想去翻閱這類的書籍。

每天需要處理的書實在是太多了，通常我們到業務部實習會整天都在做同一件事，畢竟出口不可能一次只出少少的量，這樣太沒有效率，所以在業務部的工作重複性也很高，整天刷條碼整天插書號，雖然一開始不上手會覺得很煩燥，但自己如果可以在過程中摸索到一些更快速、更順手的方法，其實做起來也會變得比較投入。我想每個工作應該都有覺得很疲憊沒有變化的時候，如果對工作的熱情消失了，就得要自己去找到樂趣，解決了那種倦怠感，才能幫自己的生活增添一點色彩。

（三）書籍裝箱

我們還整理了要出口的書、書籍裝箱等等的前置作業，

這裡的書要出口的話是利用航運，所以在裝箱上面需要花費很多功夫，除了要把紙箱的四邊黏得很牢固之外，也要在裡面套上防水袋，要讓書保持在最安全的環境下運送，絕對不能出差錯，畢竟一個浪就足以把整箱書毀掉。書要包裝的量很多，所以我們是用國家來分工，一人先負責整理好一個國家的書，還要把序號排好，中間不能有斷掉的號碼，再來就是要刷書將序號順好才能包裝，這部分會需要把書搬來搬去，我覺得這就是跟編輯工作性質差別最大的地方了，因為業務部負責的工作幾乎都需要用到體力。

不過我覺得待在業務部工作的時間總是過得特別快，可能是因為比較忙碌的關係吧，每次一看時間半天就過去了，不過就算忙碌也過得很充實。相較於編輯部，我覺得業務部至少有時間可以站起來走動，因為處理那些即將要售出的書、進貨的書是不需要電腦的，所以會離開位子，而編輯大概一整天都待在位子上打字，所以比較起來編輯這個工作就稍微比較單調了。

七　被數位取代的紙本

依照現在資訊化的趨勢，實體書已經不再是主流，不過我自己還是比較喜歡拿著實體書的感覺，會使用到電子書通常都是課程用書，因為課程用書比較不會是自己有興趣

的書籍，有時候上完那門課就幾乎不會再翻開了，大概只會丟到倉庫裡積灰塵，所以在老師允許的情況下我會使用電子書，其餘時候，我還是比較習慣實體書。

以現在這個時代來說就不一定了，現在每個小朋友幾乎是連吃飯時間都一定要配著平板，他們對實體書理所當然地也更加陌生了，如果繼續這樣發展下去，對出版社的未來還是會帶來影響。

不過就我的觀察，其實平常樓下門市部也還是會有零零散散的人進來逛逛，所以出版產業應該還不至於到冷清，現在的出版社也都在積極地開拓網路書店這方面的通路，就是為了因應現代人買書都會先到在網路上比價再下單，這便是一種新的銷售模式，畢竟現在大家看到有興趣的東西也還是都會先去網路上查找，所以出版社也會跟著社會的變動想出對策。

八 結論

雖然實習只有短短的時間，但經由這次，我也更瞭解編輯平常所要做的事情包含哪些，這些重複性那麼高的工作要持續堅持下去真的不容易，光是校對就分了一校、二校及三校，不過為了不出錯就是得要做這麼多次的確認，雖然過程很繁瑣，不過能在編輯欄看見自己的名字真的是一件很

有成就感的事情，也是讓人能夠堅持下去的動力。

　　萬卷樓對我們前來實習的學生都很有耐心，也不吝嗇地把很多知識教給我們，甚至是做事的撇步，在教導我們做某件事的時候，一定會先把為什麼要這麼做的原因告訴我們，讓我們可以很清楚地知道自己在做什麼。

　　對於出版社的瞭解一定有從剛進來那時的懵懵懂懂變得更熟悉，出版社負責的是每本書的細節，這些細節往往都是一本書很重要的地基，如果一本書語意不通順、錯字一堆等，那應該沒有人會想繼續閱讀下去，而編輯就是要杜絕這些錯誤的發生。這短短的旅程讓我們受益良多，不只更瞭解出版社，也獲得很多關於書籍的知識，以前根本不知道書上的那串號碼分別代表著什麼，現在也都因為編輯的介紹，讓我們知道那個數字該怎麼看、是如何分類的。

　　其實我覺得編輯很像是文字修復師，他們總是可以把殘破的東西變回完整。我真的很佩服編輯這份工作，他們的細心程度總是讓人驚豔，對稿的時候連字體跑掉都能很快速看出來，就算只有一個字不一樣，也逃不出他們的眼睛，我自己看到後面眼睛都會花掉，但他們總可以一眼找出錯誤，動作又快又準確，不過能這麼厲害，一定也花了很多時間累積經驗，畢竟要成為一名成熟的編輯本來就不是一件簡單的事情。

　　我一開始對於編輯這個工作並沒有特別瞭解，認為編輯應該就是一個很單調的工作，一點也不活潑，在實習的這段時間，我一直反覆問自己，當編輯真的是我有興趣的工作嗎？我真的可以當一個稱職的編輯嗎？這些問題每天下班我都一定會問自己。

　　目前我不能大聲說出自己能成為一個好編輯，但我很肯定自己是很願意去學習的。每天處理完編輯們交代給我的任務都能獲得滿滿的成就感，處理系刊的時候也是一樣，我很喜歡自己成功將一個成品完成出來的感覺。不過每個工作本來就都是要親身體驗才能真正瞭解，我也是踏進出版社才真的知道編輯的工作包含了哪些。

　　經過這次實習我也有了一個結論，那就是多嘗試幾個工作未必不好，因為真的要做過了，才會知道適不適合自己、跟自己想的一不一樣，每個職業一定都有一些不為人知的辛酸和辛苦，不會是光用看就能體會到。

　　所以對自己真的有興趣的職業就可以先藉由實習去試試看，也可以利用實習機會讓自己在出社會之前累積經驗，因為沒有實際去做又怎麼能確定自己到底做不做得到。

　　這一段路雖然不長，但我真的學到很多，也成功讓我累積經驗，不僅更瞭解出版社這個產業，也更知道在職場上該如何表現才是最適當的。雖然這些日子我們是以實習生這

個身分，多多少少還是會得到大家的特別包容，但也正是因為我們是實習生，所以更能體會到前輩的辛苦。

　　每一次實習經驗都讓我學到很多，像增加我面對挑戰的勇氣、培養面對困難的解決能力，這些都是別人偷不走的，也只有親身經驗才能讓我更加成長，對於即將要出社會的害怕和膽怯，都會因為這些經驗而有更具體的認知。

作者介紹

林雨新，二〇〇二年出生，新北市人，目前就讀真理大學台灣文學系，希望能藉由這本書清楚地記錄自己在實習過程中所學習到的種種。

未來編輯進擊之路

邱亦慈
元智大學中國語文學系

一　前言

（一）實習動機與目的

　　此次暑假有幸透過學校的管道去接觸實習的機會，比自己在外找尋要更加保險，可以保障人身安全。在學校與出版社之間的關係保障下，實習機構也比較可能有意識給予實習生專業知識的灌輸，保障學生在實習期間的學習內容與出版業所會經歷的工作直接相關。

　　會選擇萬卷樓出版社實習，是因為認為在出版社實習所得到經驗能為未來就業的方向及發展起到更大的作用，在履歷上的經驗相較於一般書店更為加分，也較為符合自己對未來就業方向的期待。

　　在對未來道路的規畫上還有所猶豫時，出版社是目前的我最有可能的走向，因此選擇把握機會，累積自身經驗、

豐富自身知識、提高自己的價值，使未來就業時能有更多選擇，也提前體驗出版社工作內容和模式，藉此判斷是否要朝編輯方向邁進，提早規劃未來。

（二）行前準備

在進入實習單位之前，根據學校要求以及實習單位所需製作個人履歷表，可供實習單位篩選，也能整理一番自身的經歷，可根據履歷上的不足加以補強能力。

除此之外，也上網瞭解一些有關出版業可能執行的工作內容，根據查詢的資訊來判斷實習可能需要的物品。像是編輯工作通常需要校稿、編書等，所以鉛筆盒和筆電就必須事先準備好，再根據其他可能會經歷的事情去設想所需事物，甚至思考可能執行工作內容來決定合適的著裝。

然而進入職場不僅僅需要外物協助，自身禮貌，該如何與人應對也是非常重要的，所以為了能帶給實習單位的老闆、主管、員工、實習生等帶來好印象，就稍微閱讀了一些在職場上如何與人相處的文章。

同時也諮詢系上瞭解出版社運營或是與出版社內部人員熟識的師長，從老師口中打探內部人員性格、公司環境、氣氛、工作內容等，讓自己迅速適應，也能更自然地融入。

二 課程指導

晏瑞老師以風趣幽默的風格與實習生互動，積極地向實習生們提問，引導大家思考問題，訓練應答能力，首先介紹出版業的發展的過程和萬卷樓辦理實習的理念，讓實習生們大概瞭解自己在接下來實習工作的背景，並且讓大家思考此次實習的原因、希望萬卷樓給予什麼協助、希望從中收獲什麼等。

晏瑞老師的課程內容大致分為兩個部分，人生指導和專業知識，人生指導範圍較廣，關於心態調整、人際應對等，適用各種職場生存，而專業指導主要針對出版業，講述的內容通常是與出版業直接相關的事物。

（一）人生指導

在實習期間晏瑞老師會不定時地授課，引導實習生的心態、未來，例如指導個人履歷撰寫、模擬職場面試、教導職場生存之道、職場默認規則、如何建立業界個人口碑等。

幫助實習生模擬面試，體驗面試的臨場感，調整面試的姿態，傳授面試的技巧，像是可以主動引導話題，將問題控制在熟悉的領域，或是拉長回答減少被多問問題的時間，適度搞笑也是不錯的加分項，也分享了如何回答面試官問題、爭取薪資的說辭等。

　　以及分析履歷撰寫應有什麼內容、如何闡述，才能達到最大利益，提醒我們在製作個人履歷表的同時需要對自己的生涯進行記錄，進而規畫未來的目標與出路，才能根據履歷表上的內容與目標即時發現自己不足的地方，趁還來得及趕緊累積經驗，取得未來職場的入門票。

　　教導我們在職場上應抱持積極的態度，去應對、回答、提問，以及應答時的話術，尤其是對上級，建議我們要把工作當成生活的一部分，而不是把生活和工作完全區分，否則會讓自己在工作的時候感到十分疲乏，這些都是非常有價值的經驗，應該能讓我們減少一些不必要的碰撞。

　　萬卷樓的每位職員都非常親切地根據我們在萬卷樓與他人溝通的方法或是感到的困惑、猶疑給予解答，傳授與上下級應對方式、在職場上應保持的工作態度、懲處級別等職場秘辛，並鼓勵實習生多多提問，極力爭取讓大家滿載而歸。

（二）專業知識

　　晏瑞老師常以各種生動的例子讓實習生瞭解出版業的各種銷售情況、運營模式、行業規則等。

1 專業知識——出版產業概況介紹

目前有九成的出版業集中在雙北，由於出版業相關的眾多外包商聚集形成供應鏈，故出版業聚集，既形成群聚效應，也因群聚效應而形成。國內出版業多為小公司，家族化經營模式，仰賴外包，各項流程能夠同時進行，大幅縮短書籍製作時間，因此臺灣出版業興盛，而國外的出版業多為大公司，擁有自己的產業鏈，無須外包，但較無法同時進行書籍製作流程，導致書籍產出時間較長。

2 專業知識——載體的演變

講述出版業載體的演變，提到因生存不易而衍生的多角化經營，在時代的進步之下，電子產品逐漸興起，所以也探討了紙本載體與電子載體的銷量變化，原本我以為電子書出現有一段時間，在出版業中應該會是頗賺錢的產品，殊不知原來目前還是以紙本書籍銷售為主，電子書反而只佔出版社銷售量的零頭。

也討論到了未來電子書可能取代紙本書的關鍵，我覺得是當造紙的樹木都被砍伐殆盡，就將迎來電子書的世界，晏瑞老師卻破解了我的迷思，告訴大家造紙所砍伐的樹木只是冰山一角。

載體轉變的關鍵則在於學習模式的轉換，當人一出生

接觸的就是電子載體，那麼之後也就先入為主地購買電子書，要是人人都如此，隨著時代的轉變，漸漸地紙質書也就會無人問津。

3　專業知識——傳統印刷與數位印刷

接著來到書籍印刷的步驟，介紹了傳統印刷和數位印刷的不同，紙本印刷因為需要製版，而且需要反覆測試排版印刷的正確，工序較多，所以只接受大量印刷的單，而數位印刷不需要製版，雖然單價高，但是接受少量印刷，所以若是低於三百本以下，則使用數位印刷較符合成本。

而為什麼會需要只印刷少量的書籍，則是與庫存相關，由於傳統印刷的大量印刷導致書籍囤積在倉庫，在倉庫租用費用、以及存放空間有限的壓力下，只能減少印刷，又因為目前書籍銷售量不高，所以萬卷樓以數位印刷為主。

4　專業知識——新媒體

時代一直在進步，隨著科技的發展，資訊流通更加快速，資訊流通的方式也越來越多元，進而有了新媒體的誕生，新媒體是具有數位技術、網路技術和其他現代資訊科技或通訊技術，具有互動性、融合性的媒介形態和平臺，目前主要是網路媒體、手機媒體及其兩者融合形成的行動網際網路，以及其它具有互動性的數位媒體形式。

5 專業知識——庫存危機

晏瑞老師也透露了他如何解決庫存危機的秘訣，本著書囤在倉庫既不賺錢還花錢的思維，為了疏通庫存、減少流動資金的羈押，所以採取了提高單價再打折的策略，發貨給多家書商，讓書商感覺好像有商機進而願意購買，就能讓庫存逐漸清出空間，供印刷的新書放入。

6 專業知識——作者版稅

版稅是由出版社與作者簽合約時，商討給付作者的費用，一般是書籍定價的一成，但也不是每個作家都有版稅，因為版稅即版權使用費，是版權持有人對其他使用其智慧財產權的人所收取的費用，但每位作者創作價值都不一樣。

因此，出版社在簽訂合約時可能會根據作家的名氣、在社會或網絡上的活躍度等，分析潛在讀者的數量多寡，判斷市場行銷的價值，有市場價值才給予版稅，並且是依照市場價值談合約，人氣越高、銷售量越高的作家版稅就有可能再提高，反之，沒什麼名氣，作品可能沒什麼市場的作家版稅就會根據行情調低，或是沒有版稅。

三　實際操作

（一）對紅

　　剛來到出版業新手村，首先能接觸到的工作就是對紅，由校對人員用紅筆對校對時所標記的錯誤進行核對，確定是否修改成功，有無紕漏，若有錯誤則加以註記，對於書籍的質量起到把關的作用。

　　因基本上只針對修改過的部分核對，故較無經驗的實習生也能勝任，但前提是要有耐心和細心，即使毫無經驗，只要願意仔細檢查文稿，多花些時間也能將此事完美交差。

（二）經銷可供貨書單

　　經銷可供貨書單屬於業務部需要統整製作出來的 Excel 表格，須整理出書籍的書名、ISBN、出版日期、價錢、裝訂方式、是否有庫存等訊息，提供給客戶檔案，客戶收到檔案後匯入電腦，轉換為方便閱覽的形式選書。

　　這項任務的執行需要具備基礎 Excel 能力，主要使用到的 Excel 能力有複製貼上、篩選、快捷鍵等，使任務效率更加快速，但因為作業量不少，須執行大概一天的時間，得盯著電腦一整天，對眼睛有一定的負擔，且多是重複的動作，可能會感到枯燥乏味，所以其實耐心也很重要，為了保證資

料訊息無誤，細心也是不可或缺的要素。

（三）書籍公眾號推介

由於現代新媒體運營發達，許多企業在宣傳產品時已經不再只使用傳統的方式去進行，根據市場行銷的便利性以及產品的可見度等判斷，新媒體平臺逐漸成為宣傳的主要趨勢，微信、部落格等網路平臺都算是新媒體的範疇。

為了讓實習生更瞭解出版業對新媒體的操作以及運用方式，所以發派給每位實習生製作十篇微信公眾號書籍推介文的任務，使用秀米編輯網站進行製作。

在製作過程中熟悉、發現秀米的編輯功能，運用秀米提供的各種模板、插圖、各種素材，對推介文做美編、排版等動作，推介文中包含書籍名稱、圖片、出版時間、出版單位、定價、ISBN、公司聯絡方式等訊息，還有內容簡介、作者簡介、目次等更進一步的訊息供買家參考。

（四）暑期特別企畫

此項企畫案是晏瑞老師根據書籍公眾號推介衍生的想法，許是因為實習生製作的推介文可圈可點，且企畫案也能為公司帶來一些商機，故有此企畫提供我們歷練的機會。

在這項企畫案的書籍皆憑折扣碼享有七三折優惠價，且我們擁有更大的創作自由，能自己挑選感興趣的書籍進

行企畫，排版也不用拘謹，能盡情使用秀米提供的一切素材，套用較複雜美觀的模板，製作精美封面，替整個版面增添色彩。同時為了能吸引顧客點擊閱覽，進而購買書籍，達到宣傳效果，還要創作聳動的標題，經過晏瑞老師的建議修改後，產出能夠展現書籍特色並且吸引眼球的文案。

（五）近史所加印書籍進櫃

中央研究院近代史研究所，簡稱近史所，具有整理、典藏、出版史料或學術研究的功用。萬卷樓與近史所合作，為了書籍留存所以加印書籍，也供應訂單的需求。

在書籍進櫃的程序執行之前我還參與到了點書，點書就是書送到之後在業務部先進行開箱檢查的動作，確認數量是否正確，印刷有沒有缺漏等，檢查完封箱運往編輯部。接著就是書籍進櫃，將先前檢查無誤的書籍開箱，而那些加印的書籍都需要各抽兩本另外裝箱，目的是要送往國圖保存，再根據書號順序擺放到小倉庫裡的不同書櫃。

其中遇到的困難是書櫃不大，排滿的書櫃若遇上有中間書號的書籍需要擺入，要將一大堆書往後移動，是個體力活，在狹窄的倉庫連行走都不太通順，冷氣又剛好壞掉，炎熱夏天來回在悶熱不通風的地方搬書，真是一番考驗。

（六）修正書櫃

主要內容是要用掃描器刷書籍上的條碼，替書籍建檔進行櫃號修正，利用電腦記錄書籍資料以及櫃號等，但是有的書籍比較老舊會發生沒有條碼的情況，這種時候就可以改為輸入書籍的 ISBN 或是以搜索書名的方式處理。

還有更特殊的情況，就是未記錄過的書籍，會導致輸入書籍的 ISBN 或是以搜索書名的方式都沒辦法使用，這種情況就需要輸入書籍的出版社、書名、等資訊，就會產生書籍流水號，再以流水號替代刷條碼或 ISBN 來建檔，過程中會需要搬運書籍，但是比點書的工作量輕鬆很多，刷條碼和整理書櫃有種擔任超商店員的感覺。

（七）編《臺灣古典詩社采風》

能夠編輯《臺灣古典詩社采風》是因為一個契機，某天晏瑞老師發派了將發行在《國文天地》上的〈臺灣古典詩社系列專輯〉PDF 檔轉為 Word 檔的任務，並命名為《臺灣古典詩社采風》，這在編書的流程中算稿件整理。

需要將 PDF 檔上的文字複製到 Word，清除所有格式，表格、圖片也都要放進 Word 檔，在這個步驟遇到最大的困難就是表格問題，因為表格複製貼上會跑版，需要自己手動慢慢修復，而表格部分又不少，導致有一度進度十分緩慢，

消耗了不少時間。

　　整理完檔案之後晏瑞老師問我們想不想自己編書，因為覺得是個難得的經驗，想挑戰看看，所以決定接下這項任務，因此晏瑞老師就開始教我們怎麼排版，說明不同的標題該套用什麼樣式的字體，以及內文的字體格式設定等，讓我學習到了很多沒用過又方便的 Word 功能。

　　即使都是複製貼上，也可能產生缺漏、錯字、排版錯誤等問題，所以排版完之後要一校，將排版稿與原稿印出一字一句仔細地比對，用紅筆在排版稿上標記需要修正的錯誤，以及標記因發行地不同所要更改的紀年方式。

　　完成校稿後就要根據一校稿上標記對排版稿修改及調整，比起前幾步驟來說，修改算是比較輕鬆的工作了，但是不管哪個步驟，表格絕對是最麻煩的，因為即使問了晏瑞老師也說只能一步步慢慢調，沒有更快速的方法，我只能告訴自己，算了吧，做多了就熟練了，至少會精通這種土法練鋼的方法，走不了捷徑就練速度吧！

　　接下這個任務真的讓我得到非常多收穫，其實也是我參加這次實習最想體驗的項目，因為真的有見證書籍誕生的感覺，但很遺憾的是實習期只有一個月，沒辦法繼續參與此書製作，所以之後流程只能交給八月實習生繼續完成。

（八）掃描書籍

掃描書籍成電子檔是近史所書籍再版印刷前置作業，運用有 DocSetter 軟體先進技術的影印機進行電子掃描，其具有除汙點、自動校正掃描檔等獨家技術。

須將經過除膠作業的分頁紙張放入自動掃描的洞口，進行格式設定之後按下掃描鍵，在機器運行期間須注意是否有卡紙的情況發生，若卡紙可能是除膠或裁切的作業未處理精細，遇到這種情況可以將紙張反著掃描，藉由機器的運作方向將紙張順勢扯開，之後再用電腦調整檔案正反，或是掃描前先將紙張翻順，確認沒有沾黏，即可正常運作。

（九）書號申請

每本書印刷之前都一定要在全國新書資訊網上申請書號，此次我要申請的就是《臺灣古典詩社采風》的 ISBN 以及 CIP，因為 ISBN 及 CIP 的申請作業需要約七個工作天，所以通常需要提前申請，避免延誤印刷流程。

申請書號有些前置作業，需要先製作好符合版型的版權頁、目次樣頁張、書名樣頁張等檔案，若是遇到其他情況還可能需要填委託書申請單，在準備這些檔案時遇到了一些小問題。例如作者人數太多需要取捨、填資料時不懂需要的內容，書籍分上下冊較為複雜等問題，但經過自己的探索

還有晏瑞老師和以邠姊的協助後順利完成。

（十）作者面談

此次實習還有個意外收穫，也算是見了世面，有幸親眼見識到編輯與作者們確認、商討稿件流程，讓我這個菜鳥能待在角落旁聽。

討論的書籍就是我們剛進萬卷樓實習時對紅的稿件《空谷幽蘭》，是洪惟助教授八秩華誕祝壽文集，內容主要集中在崑曲的教研與推廣。過程中，我發現了書籍編排需要注意的地方，原來在書籍中涉及身分地位的排序都需要審慎決定，感覺非常注意輩分問題，還有照片排版上的取捨等問題，十分佩服晏瑞老師與人應對的態度與能力。

四　結語

感謝萬卷樓提供此次暑期實習的機會，讓我能夠更加深入地瞭解出版行業，以及體驗編輯相關工作內容，充實自己的人生經歷，也藉此判斷未來就業的方向，學習職場上與人的應對與相處之道。

此次實習獲得許多珍貴經驗與回憶，和萬卷樓的晏瑞老師、職員或同期實習生都有許多歡笑，相信在相互幫助的過程都有不同收穫，願大家在未來熠熠生輝，前程似錦。

作者介紹

邱亦慈，二〇〇三年一月十四日出生於具有「陶瓷之都」美稱的鶯歌。就讀元智大學中國語文學系。因受到曾擔任編輯的母親之薰陶，故從小就熱愛閱讀，著迷於書中世界，隨著見識的增長，茁壯了對文字的興趣，期許未來與書常伴，目前正堅定地朝目標邁進。

萬丈高樓平地起
——築夢出版社的每一步

洪萱宣
國立東華大學中國語文學系

一　寫在最前面

　　過去每到書店，「一本書如何編輯、出版並販售？」的問題總會一一浮現，懷揣編輯夢與數個疑問，我進到了萬卷樓實習。萬卷樓以出版學術書籍為主，並對接各出版社買賣大陸圖書的業務。在萬卷樓實習，能習得編輯與業務的能力。我也在兩個月實習中，窺見出版產業運作一隅。

二　編輯部的點點滴滴

　　編輯部負責書本的製作，從稿件整理到清樣，都是由編輯人員一手包辦。作為實習生的我，各項工作均接觸過。

（一）關於校對

校對又分為「死校」與「活校」，死校指原稿與排版稿須完全一致，活校則是能改動錯誤，摻入編輯的思考，惟應注意不可改變作者原意。而在校對上，又分為文字規範、語句、標點符號及版面格式等校對，因此編輯在進行校對時，須眼觀八方，面面俱到。

實習期間，大多接觸到活校。如需要潤稿的《藝采台文：真理大學台灣文學系年刊（第七輯）》，使文章邏輯前後通順；近乎無須潤稿的《腳踏中西，依稀猶學術續編》、《大明旗號的小中華意識——朝鮮王朝尊周思明問題研究（1637-1800）》。若需要潤稿，則改動尺度與保留作者原意是最應注意的；若無須潤稿，則是注意基礎的校對要點。

（二）關於對紅

對紅是檢查前校次修改處在後校次是否改正，若有未改處、改錯處應做標記，若有前校次未發現的問題，也可在對紅時補修正。

因對紅工作相對簡單，故而是實習生接觸到的第一個校對任務，這不僅是簡單的比對工作，更須加入耐心與細心才能完成。我也在這項任務中熟悉編輯符號的使用。

（三）關於清樣

清樣是書本開印前的樣書確認，會由編輯與作者共同確認，確認完畢後，交由印刷公司印刷，修改後的樣書即是最終版本。正式印刷時書本須與樣書相同，否則會產生責任歸屬問題。

在大龍樹計畫中，便有做到清樣的點檢工作。我負責其中八本書的封面檢查，檢查內容包括：作者編者簡介、書本簡介、書號資訊等等，舉凡是在封面上的字，都需要檢查。

（四）關於排版

排版是將原稿編排成各種開本的模樣，通常用 Word 排版，若有多張圖片則可使用 PowerPoint。排版須注意的地方有：字體、字級、行距、圖片位置等，同時也須將書本頁數、價格考慮進去。

萬卷樓的排版工作為外包。因此這次實習，僅以《國文天地》臺灣古典詩社系列專輯的梅川傳統文化學會專輯為排版練習。

（五）關於書號申請

一本書的出版，必少不了申請國際書號，而在臺灣，還須向國家圖書館申請預行編目，又，每間出版社都有不同的書籍編號模式，因此一本書上會有多個書號。這次接觸的是

向國圖申請電子書號。在申請前，須先自行對原檔「加工」，例如使用標記密文將 ISBN 蓋住，或編輯版權頁資訊等。加工完成，再照網站要求提交相關資料，如作者、書本簡介與電子檔全文等。完成後送存，審查通過後便擁有電子書號。

三　業務部的大小事

業務部是公司命脈，承攬整間公司業務工作，暑期實習期間有幸接觸部分任務，得以學習業務部運作思維與模式。

（一）關於電商部與出口業務

電商部，顧名思義是承辦網路銷售的部門，我在電商部接觸到新媒體行銷、櫃號修正、書封拍攝、國圖專案理貨等工作，同時，也會協助書本裝箱出口。

首先是新媒體行銷，晏瑞老師安排實習生以微信公眾號為宣傳平臺，製作書籍推廣貼文。

晏瑞老師認為公眾號平臺設計完整，後臺各項數據整理得一目了然，且大陸市場龐大，又與萬卷樓出版的書籍類型高度相關，因此是個值得經營的新媒體平臺。

最一開始，晏瑞老師安排所有人完成十本書籍的推文，藉此熟悉秀米編輯器的操作。爾後在與晏瑞老師的討論中，晏瑞老師提出「暑期推廣企畫」讓實習生擁有更多發揮空

間。這個企畫是讓實習生自選書進行推廣，我從中瞭解到選書的訣竅——與市場需求有關，同時發現包裝方法、宣傳模式等也是影響決策的一環。

其次，是書封拍攝與櫃號修正任務。因外版書須上架至電商平臺，故實習生須幫其拍攝「形象照」。拿書拍照時，順帶重整其擺放位置，因此需要進行櫃號修正。這兩項任務皆可藉由科技輔助完成，故而激發出我對「如何運用科技提高工作效率，而非被科技取代」的思考。

再次，是國圖專案，因萬卷樓得標而為國家圖書館代理購書事宜。這些書是國圖要送去各國大學的，送出前要先進行前置作業，由購得書籍的萬卷樓貼上屬於國圖的貼紙，貼完後交予國圖檢查，一切加工完成才能出口至各國。

實習生在此專案的工作，是在書的內頁貼上代表國圖的貼紙，再按照序號裝入箱中。因合約規定，貼紙須貼在書頁正中間；書本裝箱時，要按照序號裝箱，不可跳號，也不可直立擺放，空餘處以填充物補足。

最後是書本出口業務。我接觸到敏感字塗改的工作及書本裝箱工作。塗改敏感字，是因為那些書要出口大陸，於是需要手動將「中華民國」等字遮去。完成加工後，便能將書本裝箱，裝箱材料包含：厚紙箱、防水袋及填充物耗材，三樣物品缺一不可，如此才能順利將書海運至客戶端。

（二）關於進口部

在實習中，我所接觸到的進口部工作是分揀進口書籍，並寄送給各客戶。欣怡姊手持 Excel 整理表，將各訂購單位所需書籍、書籍來源、書箱編號依依羅列，使得分揀工作格外順利與快速。

整理書籍時發現大陸進口書會依書種有不同倍數的定價，從而瞭解萬卷樓「三貝書屋」命名由來。

四　外派任務

萬卷樓得標中央研究院近代史研究所絕版書重印專案，故派部分實習生協助完成此任務，外派地點為百通科技股份有限公司。

（一）關於書本掃描

一本書分為：書封、黑白印刷字內文、彩頁、灰階、手寫字及拉頁等不同形式，根據內頁類型有相應操作模式。

掃描書本前要先拆書，又依其裝訂模式有不同拆書訣竅，掃描完後運用特定軟體 DocSetter 編輯 TIF 檔。

在掃描的過程中，我經手了兩本「大魔王」書。在掃描第一本時，我發現它掃描出來會被影印機自行裁掉，無論選

擇何種尺寸都一樣，於是只好請來專業職員協助解決問題，沒想到她也花了好長一段時間，才終於找到解方。

第一個問題解決後，緊接著又遇到第二個問題：卡紙，並且卡狀悽慘。第一次遇到要將半臺影印機打開、再慢慢轉動齒輪拿出紙的狀況，因此我再次請專人協助解決。

當下專人和我都以為是掃描前沒注意好紙張狀態，讓兩三張紙黏在一起，才導致卡紙，沒想到將所有可能造成卡紙的情況排除後，卻依然卡紙了，於是只得換了掃描的方式，把書掃完。

（二）關於廠務工作

廠務部負責人透過介紹各臺機器，帶出製作一本書的過程包含內頁裁切、封面裝訂、噴膜、上膠等，一道道工序大多都能以機器完成。

而我在廠務部接觸到與書本相關的工作是書籍插頁。書本需要插頁的原因，是因為有些特殊頁的存在：例如折頁，或是特殊頁彩印。

有些特殊頁項目機器無法滿足，因此只能人工進行。插頁的方式很簡單，只要按照頁碼放入相應的位置即可。雖容易上手，但我也因此親身體驗到一本書製成的不易。

五　實習之餘的課堂時光

萬卷樓舉辦的實習活動有別於常，除了會安排學生進行實務工作外，也會有授課環節。

（一）關於專業知識

只要是和出版社有關的工作，晏瑞老師都能一一介紹並提出見解。因此實習期間，向晏瑞老師學習到編輯、版稅、印刷、業務及行銷等知識。過程中發現提問的重要。

（二）關於職場

晏瑞老師除了傳授專業知識，也讓實習生切身感受職場文化，令初入職場的我知曉職場真實情景。不僅如此，晏瑞老師多次與實習生討論未來規畫相關問題，引領迷茫的學生找到前進方向。每每聽晏瑞老師說話總是受益良多。

六　結語

前列每一項工作，其編排方式與做事方法都是從業者多年經驗的總結，我作為實習生得以近距離觀摩與學習，榮幸至極。

兩個月的時間轉瞬即逝，經過一點一滴的積累，出版社運作的輪廓在心底逐漸清晰，我也漸漸看清自己想要努力的方向。萬丈高樓平地起，我對出版社的嚮往，終於在這一步一腳印中，築夢踏實。

八月實習生合影

作者簡介

洪萱宣，國立東華大學中國語文學系應屆畢業生，因為嚮往出版社，在奔赴下一場遇見前，到萬卷樓實習。夢想是能和史迪奇睡到日上三竿，再被史迪奇叫醒。

筆者校稿大龍樹計畫之書

資訊爆炸的 Z 世代遇見出版業

孫豫安

國立東華大學中國語文學系

一　資訊爆炸的 Z 世代

　　資訊從四面八方注入，身為 Z 世代的我，漂流在數位時代洪流之中，不可否認 Z 世代的思維多元、創新，相較前一世代有更多跳出框架的想法，不設限的態度似乎沒有一定要達到的成就。如此趨勢卻容易讓人迷惘，選擇繁多而沒有標準答案，甚至許多 Z 世代才剛離開校園不久，便已經強烈感受到學以致用與現實的落差。我在這個時期帶著搖擺不定的意志尋覓，最終選擇與中文相關的出版業，欲在實習中看見理論的實際面貌，並付出貢獻，而不願讓中文人的定位淹沒在這洪流之中。

二　出版社是夕陽產業嗎？

　　實習中晏瑞老師曾問：「出版業是夕陽產業嗎？」人們

說出版社正在沉淪，就像中文系學生被評為沒有未來的科系，出版社同樣面臨外界的質疑與輕視。在曾經只有文字的時代，春秋孔子用竹簡記事，進而傳揚理念；後唐時盛行雕版印刷；再至宋時畢昇的活字版印刷術，文字傳遞隨時代變遷而逐漸迅速；至民國時印刷術已成熟，出版業隨後興起；一九六零戰後復甦期，作為出版產業蓬勃發展的開始，紙本書籍成為人們獲取資訊的主要管道。可現今拿起手機便是無邊際的資訊蔓延，大數據只須演算幾秒便可隨意推薦，人們在資訊爆炸的時代中，愈來愈習慣被動地接受資訊，透過紙本書籍尋獲資料的人減少，甚至隨口說起電子書才是未來趨勢。近十年電子書萌芽崛起，卻尚未打敗紙本書籍，我想，出版業在世代更替中存續至今，固然有其存在意義，唯有站在產業中的人，才理解紙本書籍的魅力與受眾，且出版不一定受限於單調的紙本，因此說出版業是夕陽產業，也許有些言之過早。

三　如何因應社會走向

親身站在一群愛書、愛文學的人之中，我在萬卷樓真切感受出版社無法輕易被取代的面向。出版社的編輯為一本即將發行的書籍，完善所有前置作業，從稿件整理、文稿打字、體例統整等初稿事項，再進行樣張確認、排版和申請書號，共經歷三次的校對、整理、修改以及對紅，最終產生樣

本，確認整體無誤方能移至印刷程序。過程中勢必要與作者密切溝通，尤其校稿過程最為關鍵，實際擔任校稿工作，才明白編輯的權限雖然廣泛，但作者的原意是最大的罩門，編輯除要判讀錯別字，潤飾文句、段落致使邏輯前後通順，亦須確保標點符號以及各式標題合適，編輯讓一本書籍得以用更好的面貌展露在這個時代。我曾協助校對廖中和老師著《腳踏中西，依稀猶學術續編》、高崇雲老師著《龍行天下，領航臺灣》、冀培然老師著《域外五臺山》、樂嘉藻老師著《中國古代建築概說》和《臺灣古典詩社采風》等文稿。

面對各式各樣的文筆，我發覺這項工作既浪漫又孤獨。浪漫是不論艱深或淺顯的文筆，我都能以第一位讀者的視角，去衡量作者的筆觸，在這重重疊疊的紙堆中，將自己與眼前的書寫重疊。然而有時我會不小心停佇，思忖良久某處是否合乎讀者邏輯，校、潤稿不是件制式化工作，倘若思緒不夠清晰，反而無法落實應有的效率，其中難以拿捏的平衡要獨自斟酌，若鑽牛角尖細微的語病，容易忽略整篇文章之得體。以廖中和老師的《腳踏中西，依稀猶學術續編》為例，廖老師針對多篇報紙刊文寫下自己對時事的觀感與想法，集結成這份散論，其文筆極具說服力，讓我在校稿的同時也不免淪陷於他的文采，即便已不是當今的時事，卻身歷其境，然而有些篇章讀起來較沈重乏味，無法完全體會其觀點，但時事議題本就見仁見智，興許因為我太過年輕，對中

西局勢還未看得透徹，而不如他文稿之中擁有的宏觀，其中作者善用的詞彙，也因自己的知識太匱乏，校對過程必須頻繁查詢是否為錯誤的打印。

在這個資訊碎片的時期，Z世代不習慣閱讀長篇文章，經常接收的是網上篇幅短小的隨筆或簡章，且多為零碎的訊息，但透過校稿的契機，我能多方接觸不同文學，並獲取完整的資訊，積累好些年的國學知識亦能於此刻展露，Z世代的成員花在數位裝置上的時間比先前世代多，仔細閱讀、分析與吸收時間則相對減少，這讓人們注意力持續的時間、對文字的熟悉程度都產生影響，許多人已習慣鍵盤選字，親筆書寫一時半會還思索不到正確字詞。因此身為中文系對文字確實有更多敏銳與熟悉，校對不擅長的領域著作難免升起幾絲躁動，但將專精的學問放至產業中展現，讓我覺得深感價值。而對紅方式，也做到紙本與電子結合，我曾協助松尾肇子著的《雅詞的受容——中日文人對宋詞的期望》，這是一本經過翻譯的紙本文稿，另外也遇見電子版的《〈紅線〉讀寫創思探究之教學設計》。

一場曲折又費心盡力的編輯流程，凸顯出版社書籍和目前網上氾濫的電子書相比之下產生的優勢，一本好的文學作品，不會是漏洞百出的內文，或許人們從網路上可以擁有免費的線上閱讀，但隨處可見的錯字反而容易讓作品失真，而品質較佳的電子書多半需要付費，那麼紙本書籍真的

處於弱勢嗎？

　　我同意出版業必須為了數位化時代，進行多角化經營並結合新媒體，將編輯知識與業務發行、銷售連結，使其相輔相成。時代變遷對出版業固然多少有影響，印刷及業務方面逐漸轉為新穎的形態應對，晏瑞老師曾提及，舊時機器大量運作，一次印刷就是好幾萬本書，但當時需求量大，不斷印刷並不會造成困擾，現在實體店面需求不如從前，跟進POD印刷反而能順應趨勢。POD是一種隨需隨印的新模式，以客製化和少量印刷為特點，如此一來可避免配送過多的書給書局，甚至來不及上架便被汰換，減少退書率，同時也能降低囤積的庫存量，讓倉庫維持適當空間以削減成本。

　　近年來，出版社也跳脫傳統營業方式，成立電商部門，為紙本書籍建立檔案，以利後續在網路商城上銷售，同時也協助編輯部門向國家圖書館辦理電子書刊申請送存及閱覽的服務，種種機會讓我看見出版產業順應新時代，而積極拓展自身的優勢。除了書籍品質穩定，萬卷樓也願意注入新血，來面對這瞬息萬變的社會，實習生們曾集思廣益，為書籍的推廣盡善盡美，每個人都製作一份出自個人創意的推文，利用萬卷樓的微信公眾帳號發布在兩岸共同的管道。晏瑞老師說，真的有讀者點擊推文後，向他聯繫欲購買書籍，原來我們一群自小接觸網際網路和數位行動裝置的社會群體，在推文製作加入自己的特殊看法，能造就更精緻、藝術

的創作，為傳統書籍推銷帶來更開闊的道路。

四　紛亂中單純的堅持

　　也許走進書店的人變少了，但仍有人愛書，那麼出版社就會繼續秉持專業，繼續為出版好書運作。正因為臺灣市場逐漸縮小，而存留下來的理念就更加強烈。萬卷樓圖書公司營業至今已二十年，走過經營艱辛，持續為中華文化、文史知識、國文教學傳遞並宣揚。在大陸圖書的流通方面，亦成為最具指標性的書店，萬卷樓秉持著促進海峽兩岸學術交流的理念，持續奮鬥，積極代理中研院出版品，將優秀學者推廣給更多讀者，同時，也是各校國文教學的輔助支持。在這個資訊爆炸的世代，有太多紛亂複雜的消息正在傳遞，消息來源如同一個黑洞，在網上無限轉發、分享。然而今天得知的新聞，明天卻變成假消息，互通有無的資訊確實帶給新世代一個嶄新的生活方式，但在文學方面，許多人還是喜歡一個更臻完美的圖書，這也是為什麼需要出版產業的原因之一。

　　我認為閱讀形態逐漸改變，是出版業必須面臨的問題，但書本品質保證，一直是出版產業堅持理念，這單純的初心，才讓各式書籍仍活躍市場，各大中文系所，也持續使用萬卷樓出品書籍。實習生的會議室已有兩架書櫃，汗牛充棟

的環境與我們共存兩個月，如同萬卷樓的名聲般砥礪我們讀萬卷書，當中不乏古文化書籍，頗有趣的是，尋見東華大學教授所著的學術研究。

兩個月親身投入，我發現文字作為思想載體的事實並未改變，變的只是閱讀模式。譬如為滿足讀者需求，有稀少的毛邊書或光邊本產出，呈現另類的收藏價值，紙本樣式可以跳脫既定印象，轉為不同客群所鍾愛的樣式，客製化的設計也是一種趨勢。因此萬卷洪流延續至今，產業持續推行新媒體與多角化經營模式，不論出版業未來將為何種面貌，它堅守至今的出版理念，使它得以在資訊複雜的世界中，不被時代洪流所淹沒。

五　結語

晏瑞老師說，現今萬卷樓引進潮流，嘗試發展文創產品，出版業確實需要轉型，它不斷自我調適而展現創意，並非是因產業在沉淪，而是盡力增加優勢，讓自己的強烈理想不被這鋪天蓋地的資訊遮蔽。

實習中的細節我一直是邊聽邊學，有些事物是進出版社前不曾預想的場景，兩個月默默消逝在時間浪潮，雖然時常隨口抱怨生活疲憊，但與不同交辦事項共存，充實每個匆匆的日子。在變遷迅速又巨大的生活中，誰也無法篤定說出

何為長久存留、何為快速逝去。出版業的經驗從外人無法洞悉的情節積累而成，而我這個生為 Z 世代的成員，決定拋開表象，在制式的另一面發掘嶄新思維。能在這個資訊爆炸時代，看見出版業真心，是庸碌的我登上萬卷樓最大成就。

作者簡介

孫豫安，二〇〇二年生，身份證字號是 A 開頭的桃園人，現為國立東華大學中國語文學系學生，沒有固定愛好，喜歡幻想卻對現實猶豫不決，所有需要抉擇的瞬間都讓我頭痛，只有文字才能把飄忽的思緒變得稍有條理。

闖進萬卷樓的 RPG 世界

莊子怡
元智大學中國語文學系

一　大學生——測試版

現階段還身為學生的我,「職場」似乎還是以後的事。在學校時的肆意玩樂、偶有偷閒的時光,最大的煩惱便是每日的三餐了。這樣無憂快樂的日子總是過得特別快,漸漸地意識到所謂真正的「獨立」離我越來越近,兩年後的未來會開始需要為了自己的溫飽、生計而去煩惱,需要脫離學校的庇護傘、家庭的港灣,真正成長為一名「青年」。

意識到步入職場這件事已不再是遙遠的未來,「實習」便成為我真正進到職場上的行前準備、是大戰魔王前的新手村,亦是成長生涯中轉變角色前重要的一門課。趁著暑假,也透過學校資源,有了人生中的第一份實習工作。

學校提供了很多不同的實習機會,獨立書店、出版社、圖書館等等,這些都會學到不同的知識及經驗,而我為什麼

會選出版社？決定前的我思考在實習期間希望得到什麼？我希望在這一個月能夠盡量吸收到最多的知識及經驗。而書籍每一個年齡段都會接觸到，嬰兒有聲書、啟蒙書籍、學科書籍等這些都會出現在成長過程中。

平時就很喜歡閱讀的我對於書籍的出版、製作都很有興趣，想要讓這一個月的實習有看得到的成果，所以果斷決定我的第一首選——出版社。透過這次的實習更了解一份職業，也去摸索自己是否適合，藉此機會去尋找未來想要走的方向。

二　實習生——接收劇情

在開始執行任務前必須接收一些有關這個世界的劇情，跟著劇情走向一步步完成每一項任務，帶著在劇情任務中收獲到的成果邁向更多的世界……。

劇情一　印刷演進

晏瑞老師在實習的第一天講述了有關出版的歷史、引刷的演進，從龜甲到數位印刷、從出版社興盛到現今的轉型不自覺地會深深陷入這樣偉大的歷史中。對於這樣深遠的行業也有了更多的嚮往。

這樣深遠的行業，也讓我再次感嘆人類的文明及科技

的發展，從古代手抄、木板印刷、雕版印刷到現今的數位印刷到網路傳播，出版業都根深其中。

　　我並不認為出版業是夕陽產業，紙本對於知識的傳承及保留相較於現今的科技更有保存價值，科技的前提是「電」，若未來紙本被完全取代，很難想像一旦科技失去它的「糧食」，那從古至今保留的文明歷史是否會消失殆盡。

劇情二　科技化

　　在這個人手一機的時代，小小的螢幕就容納了全世界，想當然也越來越多功能能夠在 3C 產品上完成，而閱讀就是其中一種。以前我非常喜歡逛書店，也會因為看到新書資訊而前往購買，但隨著生活步調逐漸變快，漸漸地去書店挖掘好書的時間隨之減少，更多時候是從網路找尋自己需要的書籍。

　　擴展網路市場也是很重要的行銷手法。期間我從前期的推廣文案製作、書籍到貨時的清點到最後的包貨出貨皆有接觸到。不只了解到有關書籍的出版訊息，更學習到行銷的原因及作業。

　　而關於網際網路的快速進步，許多資訊只需要動動手指就能夠知道，人造衛星的發達使人們不再需要地圖、部落格的興起使許多旅遊書籍銳減，因為網路的資訊龐大也讓

許多書籍的銷量大幅減少，相比起當初出版業的興盛可說是截然不同，晏瑞老師提及若是出版社墨守成規、不因應時代去轉變，終有一天也會被時代淘汰。在這樣的環境下少量印製就是一種很棒的方法，不會因為庫存而產生巨大的成本，而少量的印刷也讓一個行業與出版社產生了合作……。

劇情三　數位印刷

相較於傳統印刷的大量印製，我認為它小而精，既可以滿足現在的銷量狀況，也有更專業的技術去應對各式狀況。由於現在對於書籍的需求減少，對於傳統印刷那樣大量的生產已經超出能夠承受的範圍了，但是數位印刷的出現解決了這個問題，雖然成本上超逾傳統印刷，但在量少的情況下還是數位印刷更勝一籌。

有些實習小夥伴去了百通科技工司，也有聽他們分享學習到的經驗，很遺憾因為實習時間有限沒能去到百通，但透過講述還是能感受到 Docsetter 程式的好用之處。

劇情四　群聚效應

術業有專攻，職業的快速發展下也講求專業，而外包便是現在許多行業使用的模式，出版社亦然。外包不僅可以降低成本、人力資源，更可以提高專業度，可謂一舉多得，也因為外包的關係，形成巨大的產業鏈，九成出版業因為距離

集中在雙北，而造就了很多的就業機會，進而讓我思考未來工作的地點是否往雙北前進。

以往都是在劇中看到出版這個行業，整棟的公司、幾百位的員工、各個部門的各司其職，但這樣的公司其實在臺灣很少見。比較大規模的集團也較多是由多個小型出版社結合而成，也算是另一種群聚效應吧！

劇情五　作家校稿

機緣巧合下，見到作家與編輯們開會，過程中除了感受到身為編輯的專業還有聊天的應對進退，學習到很多。除了對於作品校對的細心，面對作家老師的詢問也要回答得宜，我認為這是最難也是最需要經驗的。

過程中，先是相互寒暄，隨後進入正題，對於封面、段落、圖片到注腳每一處都被仔細檢查並修改，也因為時間緊迫，主編及負責的編輯姊姊也馬不停蹄地做確認。這一次的校對開會也看到了主編經驗豐富的談吐及修正，感覺十分地專業，有很多值得學習的地方。

劇情六　面試

臨近實習結束時，晏瑞老師進行模擬面試，我們都被「殺」得措手不及，再次真切感受職場上無形壓迫。過程中時常對自己的回答懷疑，許多問題如大石般向我砸來，我束

手無策，像進入木僵反應，不知道該給出怎樣的反應及答案讓面試官滿意。

面試中學到最多的是相信自己的能力，給出自信回答讓自己有展現機會。這場面試雖然短短二十分鐘，但學到的經驗卻難能可貴。過程中晏瑞老師提點該如何表達、面試著裝、態度以及反應等都需要經驗培養，但透過這次模擬面試，像正式上場前吃了一劑經驗瓶，又比別人更往前一步。

三　實習生──試驗版

進入萬卷樓時還並沒有真切地感受到我已經是「實習生」這個角色。第一天了解了這個世界的前提劇情，我深刻地感覺到與我先前所在的校園世界截然不同。相比在學校接受課程教育，更要為自己負責的事項、面對事情的態度負責，也不能有在學校被庇護的懶散態度。

在了解出版歷史後的我正式成為實習生，懷揣著忐忑的心、踏著步伐準備執行每項未知的任務⋯⋯。

任務一　履歷

成為實習生的第一個任務，便是如同標題所述的完成自己的履歷表。在我的認知裡，履歷就是為了找到一份自己合適且接受的工作，但一份精簡的履歷其實已經概括了我

們生長到目前為止所學到的技能。

我在製作履歷表時，發現能夠運用到職場上且能透過文字展現的能力少之又少，從這個過程中看到了許多不足以及需要自我提升的地方。

在這些之餘也認真回顧生涯，發現我的「充實」好像並非如此，透過製作履歷檢討先前對自己的縱容，好好規劃剩下兩年的學校生活該做些什麼提升自己的專業技能。

任務二　對紅

來到萬卷樓接觸到有關編輯的第一個任務就是對紅，對於編輯而言是很基本的工作。因為拿到的已經是校過一、二次的稿了，所以最初的許多錯誤之處都已經被修正，只須檢查需要更改的錯字、排版是否有確實改正，過程中有許多校對的符號對於我還很陌生，也需要細心核對是否正確。

乍聽之下這並不是一件特別困難的工作，但需要大量的耐心及時間，看著上百頁的稿，時間長了也會筋疲力盡，這件事真的很需要細心及毅力，才能確保書籍百分百正確。

之後的實習旅程也有陸續執行對紅相關的任務，相比第一次的對紅，複雜許多，不同的書籍也會有不同的排版格式，其中有對紅到一本翻譯的書籍，內文有很多專有名詞需要一個個去檢查字母是否有多打或缺漏，每種字體格式也

需要仔細的觀看，再次考驗了我們的細心及耐力。

任務三　新媒體

　　隨著科技的不斷發展，網路早已侵入我們的生活中，沒有網路我們彷彿就會與外界失去聯繫，不管是情感的聯繫、娛樂、購物等都與網路脫不了關係，而書籍也需要隨著日新月異的科技與時俱進，不管是銷售方式或閱讀方式，而我們負責的就是製作書籍推介的網路資訊。

　　現代人大部分都是使用 Instagram，也越來越多人會使用大陸的程式，微信、抖音、小紅書等這些社交軟體來勢洶洶。以市場來看的話大陸市場確實是很有其發展必要，所以我們主要發布書籍推廣的媒介，也是大陸人人都一定會使用的微信。

　　製作推介所使用的網站是秀米，網站中的界面、排版都是符合公眾號的格式，內容中也有很多素材可以提供靈感，算是在免費中很全面的網站之一了，但在操作設定上還是有些不人性化。

　　在學校課程上若要製作報告時，最常用的便是一個近年興起的網站 Canva，裡面的排版自由度高、也能多人共同創作，我嘗試尋找大陸版的 Canva，它也有許多模板可以使用，相較秀米使用上也比較上手，雖然沒辦法像秀米一樣與

公眾號連動，但它的素材內容更為豐富，可以與秀米一起使用感覺會有更棒的效果！

任務四　特別企畫

　　由於新媒體，晏瑞老師想了一個特別企畫，讓每個實習生充分發揮自己的創造力及發覺新功能的能力，從零製作、自己挑選五本書籍的推廣。摸索秀米時，發現有許多很特別的呈現方式。而我感到最新奇的是「視覺差滑動」，因為現今的大家基本上都沉浸在小小的手機螢幕裡，平面的東西已經習以為常了，利用視覺上的錯覺引起興趣，真的很有創意。其中網站的彈幕、滑動方式互相組合，也都能夠變成很生動的推廣介面，不禁再次感嘆科技的強大與進步。

任務五　點書、近史所書籍進櫃

　　實習生迎來了不同挑戰，這次任務不再是以往那樣坐在位子上看稿、使用電腦。進入萬卷樓前，我膚淺認為編輯就是每日與文字鬥智鬥勇，時間也都隨稿件、信件沉溺在編輯部。實際進來才發覺要做的事其實遠超乎我的想像。

　　而這次的任務，確認加印書籍數量、印製方向正確與否，確認完後再將書籍依照書號分類放進書櫃。這件事情並不困難，卻是一個體力活，書籍的重量真的不容小覷，編輯姊姊在講述任務的同時也一再提醒我們要注意安全，真切

感受到編輯姊姊的認真負責。

為了方便找書，放置書櫃也要有規律，需要依書號順序分類放好，但是有一個小缺點就是當遇到兩號之間的書籍便需要將書籍全部往後以騰出空間，也因為這樣花費的時間尤其多，常常在移動書的過程中就使人汗流浹背。

任務六　修正書櫃、包貨

每週都會輪流讓兩位實習生去業務部支援，正因如此，我們能夠接觸多方面的工作內容，而我去業務部的第一個任務是修正書櫃，要將書籍掃描到其所在書櫃才方便找尋。

剛開始時，覺得接觸到不同的工作，會有滿滿的新鮮感，但是當一整天都是重複的操作時難免也會感到身心俱疲，在實習的過程中漸漸感覺不管是什麼職位，工作最需要具備的就是不厭其煩的耐心。

修正書櫃之餘，我也接觸到銷售方面有關出貨的工作，雖然接觸時間不長，但還是有所感悟。前面有提及現在許多事情都會在網路上進行，網路購物變成大部分人的購買途徑，我也常常在網路上購物，若是收到包裝整齊的包裹心情會很好，反之就會影響我的購物體驗。

在包裝要出貨的書籍時，一心想要將其包裝完美，但是手跟腦袋似乎短路了，怎麼包貨都感覺手忙腳亂，我曾經理

所應當地認為平整的包裹不是一件難事，但結果卻不盡人意。不管是泡泡紙的預估測量、商品單和快遞單區分這些種種看似細小的事情，也是需要熟能生巧的。

任務七　書籍掃描

關於再版書籍的掃描，將紙本轉成 PDF 檔。因為之前的打工經驗需要常常接觸影印機，所以對於影印機並不陌生，但是掃描的功能是第一次接觸，也是一種新體驗。

這件事情步驟簡單，但是花費的時間卻漫長，因為是拆分的書籍，部分書頁會有膠殘留的情況，以至於放在送紙臺上掃描時會出現卡紙的狀況，所以沒辦法將機器設定好就去完成自己其他的工作，需要時刻注意是否出現卡紙狀況。

任務八　排版及校對《臺灣古典詩社采風》

這個任務相較前面的需要花費時間較長，要先將 PDF 檔轉成文字檔，再將其排版成書籍格式。比起之前一天能夠完成的任務，所需要耗費的時間和精力也更多。在轉成文字檔時不僅要注意是否缺少篇幅，也要檢查錯字。

完成後，就準備排版，由於文中有許多表格以及照片，排版上需要一個個調整成適合閱讀格式，相較全文字的內容也耗時更多，過程中因為長時間盯著電腦而眼睛痠澀、腰痠背痛，導致任務完成的時間加長，但當看到自己排版後的

樣式印出來後，看起來有模有樣的，真的很有成就感。

　　排版完成後的下一步就是校稿。原以為已經在電腦上檢查過了，應該不會有太多錯誤，一看才發現還是會有很多排版上的不細心甚至缺漏的部分，這些微小錯誤都需要校對，這也讓我感受到電子化的缺點以及紙本的重要。校稿後進行檔案的修正，也對書籍校稿前的處理有了初步瞭解。

　　因為實習時間有限沒有辦法看到它的成書，期待它的出版，能看到自己的成果是很棒的一件事情！

任務九　書號申請

　　每一本書都有自己的專屬書號，而新書的書號就需要向國圖申請。申請的流程編輯姊姊講得十分詳細，看到操作時感覺並不是很麻煩，但是在實際申請時卻發現，前面需要提前備好的資料都要反覆檢查確認，目錄、版權頁、封面等等都需要準備齊全。也因為此次負責的書籍分為上下兩冊，程序上也多了些步驟，導致在申請的時候有些手忙腳亂，不過好在我們不斷修正確認後，順利地申請完畢。

四　出社會──正式版

　　在這個萬卷樓的 RPG 世界，接受的劇情、執行的任務都是很寶貴的經驗及成果，每位 NPC（正職）們都不厭其

煩地解釋任務的目的、原因，讓我們對這個世界有更多的瞭解，也希望未來在名為「職場」這個偌大的遊戲中我也能夠穩妥地執行好每一項任務，完成劇情！

　　而實習完的我只能算是完成了新手任務，對於未來正式上職場還有一大段路要學習，此次的實習學習到的並不只是關於出版社這個行業，更學到了在職場上的應對進退、處事態度等，在未來，大部分的人都會步入職場打拚，也期許自己能夠像玩遊戲一樣，把職業當成興趣，在職場上為自己的人生打一場華麗的勝仗。

作者介紹

莊子怡，就讀於元智大學中國語文學系三年級。是個能坐著就不站著，能躺著就不坐著的閩客混血，喜歡探索未知的事件，目前正在探索自己未知的可能性。

盛夏的剩下——勾勒出版社印象

陳姿穎
國立東華大學中國語文學系

一　前言

懷揣著兒時的想望，帶著既期待又害怕的心情，初次踏入出版社——萬卷樓實習。

因為喜愛閱讀，所以想多加瞭解出版產業。猶記提起出版業時，許多人的反應都是不看好、夕陽產業、沒有前景……諸如此類的字眼一一浮現，而我認為只要有人願意寫、有人願意出版，一定也有人願意讀，書籍、報章雜誌這些都是我們生活中不可或缺的一部分。

因為現階段還是學生，「職場」於我而言似乎是個遙不可及卻又近在咫尺的未來，因此，希望通過實習，找尋未來志業。過去的我一直覺得走在自己的時區不是件壞事，安於現狀總比跳脫舒適圈一團混亂好得多，但當職場生活越加靠近時，不免有些擔心，擔心自己無法在職場中立足。

　　初入萬卷樓的第一天，晏瑞老師將職場比擬成「海水浴場」，因有業務推進的需求，職場壓力無法避免，而實習是「有救生員的海水浴場」，透過實習，練習承受職場壓力，帶來新世代的觀點與思維，扭轉舊有思維並改變產業，如此才能自在優游於職場中，發展該世代的新職場氛圍。

　　剩下的盛夏，仰望未來，整頓出發。

二　出版業菜鳥心得錄

　　出版業菜鳥心得錄，那些有關出版產業的林林總總以及新鮮人初入職場的條條框框，寫在晏瑞老師授課後。

（一）關於履歷

　　實習第一日接收到的第一份任務是完成屬於自己的履歷表。履歷表除了展現個人專長特質外，亦為個人生涯紀錄表，透過撰寫並隨時更新履歷，回首過往，展望未來，以現階段而言，我們可以羅列得獎紀錄、活動參與證明、工作經歷等作為職涯規畫的前哨站，未來需要找工作時，再將其整理成一份該職缺所需的專屬履歷表。

（二）關於出版產業

　　談及出版產業，晏瑞老師娓娓道來。出版業，一個亙古流傳的行業，最早追溯至有文字的時代，從獸殼、石板及金屬器等刻字開始，甚至更久遠的口語傳播，再到竹簡、活字版印刷等，始於傳播皇帝之思想，直至今日的自由言論，廣泛出版不同類型的書目。

　　關於出版業的演變，從六〇年代出版業的興盛時期說起，談到因應時代改變，我們應學會「變通」。而出版業之改變始於書籍印刷量，從原先五千本鋪滿全臺書店到現今以少量數位印刷為主，以便控管庫存，畢竟買倉庫、養倉庫也需要一筆不小的金額。

　　說到「三貝書屋」，是情懷，亦是成長茁壯的軌跡。早期萬卷樓的編輯部是藏書閣，供顧客前來尋書，而萬卷樓一大業務特色乃大陸圖書進出口，進口大陸圖書在早年約是以人民幣乘以三的價格售出，此為三貝書屋之由來——三貝即三倍。

　　聽著晏瑞老師侃侃而談，重新思考實習以及工作的意義，也許做著基層工作，但每個人都是不可或缺的小螺絲釘，因為這些總和，才使得社會得以運作。

（三）關於一本書的誕生

　　一本書的誕生須歷經重重關卡。在過去的認知裡，原先以

為編輯部出版書籍只需要校稿和排版，直至經過完整的課程後才瞭解在開始正式排版前須先整理稿件、標注體例格式及排版樣張。確認以上各項後，始能進行正式排版以及申請書號。最後進行校稿工作，校稿亦非僅進行一次，原則上是以三校為上限，校稿又分為校對、整理、修改與對紅。

最後，請作者清樣確認後，才正式印刷並交寄入庫。過程中環環相扣，缺一不可，且時程須羅列清楚。申請書號後，更要加速流程，因為從書號申請至出版的時效僅有三個月。

而書籍印刷方式又是另一堂課，晏瑞老師透過動手操作──摺紙帶我們瞭解書頁如何匯集成一本書，從書背可窺見一落落的扇形，一個扇形代表一臺，早期還是人力時代，在印刷時配臺須以人工方式將其收工，意即匯聚成一本本書冊；雷射發明後，印刷也改為機械化，透過定位使收工自動化。

收工後尚未修邊的書即毛邊本，一般僅有樣書是毛邊本。樣書確認沒問題，便會開始印刷成書，裁其三邊，始可翻閱，一本書便誕生了。

三　出版業菜鳥初嘗試

實習期間，除了有理論課程，亦有實務練習。出版業菜鳥初嘗試，藉由輪轉至不同部門，瞭解並學習各部門的工

作內容，尋找屬於自己的一方小天地。

（一）那些中文系專業的事——編輯部

在編輯部接收到的第一項任務是「對紅」，我們要確認原稿中需要更改的地方在二版中是否有修正，後續也有不同書籍的對紅工作，面對不同的書有不同的體例，過程中需要極大的耐心與毅力。除了確認修正與否，亦須再次瀏覽文本查看是否尚有錯誤再進行更正。

這趟為期兩個月的實習旅程中，我亦經手不少書籍的校對工作，校對過程相比對紅需要更多的耐心與毅力，同時也在訓練專注力，稍有不慎便會跳行，抑或產生疏漏。

晏瑞老師上課時提及，一般校稿原則以三次為上限，而這次實習中收到一項九校的任務，是過程中印象深刻的稿件之一；另一為大龍樹計畫，此計畫我們負責大陸圖書三校點檢，點檢須核對、封底、書背、展頁、書籍與作者簡介有無缺漏，最後通讀內文，進行校稿。

除此之外，也有學習電子書號申請（以下簡稱：EISBN）。宛妤姊雖然提供了 EISBN 申請的範例檔，卻還是有耐心地一步步帶領我完成第一次申請作業，再將剩餘的檔案交由我處理。EISBN 申請步驟比 ISBN 申請簡單許多，但過程亦不能馬虎，須專心致志，保證萬無一失地將全書 PDF 檔重新加工編

輯，刪除原 ISBN 與國圖預行編目，最後將申請資料填寫完畢，即能完成申請作業，等待國圖審核後便能拿到 EISBN。

（二）關於中文系以外的事——業務部

在萬卷樓實習時，除了編輯部，我們也有被安排至業務部學習並支援。相比編輯部的工作，業務部的工作內容較機械性，但也是缺一不可的部門。在一次對談中，阿標形容業務部如同戰場，確實，待在業務部一天便能感同身受，看著他們有接不完的電話、出不完的貨，周而復始，宛若打仗一般，不眠不休。

整趟業務部探索之旅，始於「新媒體——微信公眾號圖文製作」。由於萬卷樓的部分業務為兩岸圖書進出口，因此我和萱宣被安排至業務部，向品勻姊學習公眾號的圖文製作，第二日再將所學教予其他實習生們。

我們以秀米來編輯圖文，將書籍資訊及書封圖片放於圖文之中，並參照書封色彩與樣式進行頁面編排及美編。過程中，晏瑞老師給予我們許多發揮空間，然而亦須顧及整體性，因此並未有太多改變，於是晏瑞老師在我們接觸並熟悉新媒體運營後，提供了另一機會——書籍推廣企畫：每位實習生在不失學術風格下，探索並運用秀米中的工具編輯書籍推廣的圖文。

過程中，我認為最困難的是選書環節，因為不清楚如何選書才能引起共鳴，因此花了許久的時間在擇書。經過晏瑞老師提點後，我以「臺灣現代詩學」作為主題，製作公眾號圖文。

此外，於業務部中也有接觸到外版書的櫃號修正，這是一項龐大的工程，動員所有實習生才將其大致完成，櫃號修正的目的在於讓網路書店上架後確認庫存以及方便尋書。

而業務部的另一項大工程——國圖出口書籍加工，亦是業務部探索之旅的最後一項任務，國圖書籍加工看著容易，但其中有許多眉眉角角要注意，例如：尚未到貨的書籍，若已到貨須上拉並重新整理序號；國圖標籤分有英式、美式及法文，因應不同的國家須採用不同的標籤貼；書籍裝箱皆須平放，且須用填充物以避免運送過程造成書籍損毀。待書籍整理裝箱後，要先送至國圖審核，最後它們會被送往各國大專院校的圖書館。

（三）近史所專案——百通科技股份有限公司 POD

實習期間，有幸參與萬卷樓和中央研究院近代史研究所絕版書籍再版專案的掃描工作，因百通科技有更加專業的掃描系統，東華的實習生們便輪流前往百通出差。

近史所專案近一百三十種，三百多冊絕版書籍須重製再版，掃描工作幾乎是馬不停蹄地進行。在百通的日子，桌案的

書冊不斷地堆滿再清空；百通同仁們亦是夜以繼日地趕工，將掃描完成的檔案加工成書。

原以為掃描工作非常單一，卻沒料想，一個簡單的掃描，竟要分這麼多步驟：在掃描前會先詢問客戶是否能拆書，拆完書後，接著就是分為內文與封面掃描，若內文遇到字型無法辨識的問題就需要用另一臺機器掃，如果書籍損毀導致無法辨識字時則要註記；若遇到拉頁須單獨掃描並加注頁數，以便後續製作；而彩圖及黑白圖片，則須單獨選用彩圖與灰階掃描。

在百通短暫旅程深刻體悟，興許做的是一成不變的工作，但換個心情面對，好像就豁然開朗；一如在百通反覆掃描、對檔，或許有些索然無味，但是換個角度，掃描這些絕版書籍，看著這些古籍資料何嘗不是種樂趣？

四　結語

這趟為期兩個月之久的旅程暫且告一段落，提筆寫下此番歷程的收穫。

猶記七月初，晏瑞老師提及「編輯這個行業其實是孤獨的。」而今想來，晏瑞老師形容得十分有畫面感，也許是因為兩個月所見即是如此，一個蘿蔔一個坑，大家都在茫茫文字海中踽踽獨行。

　　而關於出版業，自進入萬卷樓實習，便有「重新解構」出版社之感。因時代變遷，各行各業或多或少皆受到影響，出版業亦不例外，實習期間瞭解到電商部成立的原因，由於實體書店的沒落致使網路書店開始流行，社會需要與時俱進，在全球化的世代，網路是生活中必不可缺的，從實體書漸變為電子書的閱讀形式是當代的趨勢。

　　再提及電子書的盛行率，過去，我亦認為電子書即將取代紙本書，透過上課始知電子書銷量並沒有想像中的好；我們從出生開始使用的載體便是紙質書籍，因為習慣，所以紙質書以目前這個世代而言還是無可取代。這麼一說，紙本書籍還是有其魅力，墨香依然長存。

　　整整兩個月，四十日的實習生活，從點狀工作逐漸聚成線性、有條理的工作流程。最後一次擁有學生的身分，走進職場、貼近職場，分外感謝與珍惜。

　　古亭六號出口、萬卷樓、三貝書屋、汐科百通，勾勒出完整的出版社印象，是屬於二〇二三年盛夏的記憶。

　　剩下的盛夏，走過來時路，穿梭於字裡行間；盛夏的剩下，碩果累累，不負仲夏。

歷史遺跡：三貝書屋　　　新媒體運營書籍推廣計畫

作者簡介

陳姿穎，千禧年出生，臺北人。在國立東華大學中國語文學系的受業年限已到期，因為熱愛閱讀，嚮往徜徉於文字海之中，探尋淵遠流長的中文世界而進入中文系；又因想多方探索，實現兒時夢想加修國小教育學程，把學分當 buffet 吃，差點沒在期末回頭拍醒期初的自己。夢想是環遊世界以及有個能被群書圍繞的書房。

蛤？

黃崴庭

國立中央大學中國文學系

　　筆者為準大四生，於今年暑假參加系上開設的實習計畫；前往發行中文領域學術書籍為大宗的萬卷樓出版公司。計畫接近尾聲，臨案為文，實屬自我抒發，聊可博君一哂；若能留予來者借鑑，則是萬幸。

　　本次計畫並無支薪。暑假僅短短兩月，實習計畫為整個八月，占去泰半時間；而研究所推甄等不少需大量時間的要務又都安排於此。故實習實在是個魯莽不得的決定。偏偏，筆者又是個魯莽的人，也該在此決定付出沉重的時間成本。

　　在此，必先說明筆者的實習理由與申請概況。

　　「你為什麼要來實習？」猶記晏瑞老師如此問我。

　　「來玩的啊！」我回答道。

　　或以為這是個糟糕的答案，太過戲謔與失禮云云。不過且待我於下文解釋。「好玩」的確是我實習的唯一理由。什

麼是好玩呢？能累積各式經驗與知識，改變自己的世界觀，實是最有滋味、好玩的事兒。故所謂「玩」，目的仍是在學：在公司各部門幫忙，盡力完成授付的任務；藉以看看象牙塔外的生活。望能一窺從商業角度如何看待研究、文學與文化產業。行文至此，也就大致闡明實習初衷。筆者的實習申請資料繳交於截止日當天。於時為期末考週，又正好染疫，病中高燒的我便有些昏沉而糊塗地下此決定。現在想來，真該細細考慮才是。

萬卷樓的暑期實習計畫分成兩梯次，即七、八兩月的兩批實習生；亦有長達兩月的實習計畫。筆者所參加八月的梯次始於初一，須集滿二十工作天，才算完成。由於私事請了兩天假，更晚進入公司。這當然有些可惜，畢竟相較於八月，七月的實習安排了比較多的課程與教學；而認識環境、公司部門與同事等環節又都在實習的第一天。所幸，工作環境非常好融入，實習夥伴們也都很好相處。

編輯部總編——晏瑞老師是我們頂頭上司，對實習生極照顧。時常提醒我們勇於發問、思考。實習生每日要寫三百來字的日誌，晏瑞老師要我們盡量把工作過程中產生的疑惑記於其中，並逐條回覆。對於筆者，這是極佳的學習機會，關於倉儲成本、營利、稿件來源、編輯流程等出版行業的秘辛，晏瑞老師都盡力為我們解惑。實在感謝他。除了向晏瑞老師學習，與實習夥伴的關係也很重要。八月中公司的

五位實習夥伴，分別是俊傑兄、玟儀、豫安、萱宣、姿穎。他們對晚進公司的我多有包容、指教，且相處起來也很融洽，令我很快就消除心頭緊張，融入工作環境。

在編輯部上班，校稿、編輯自是工作大宗。然這項工作絕非改錯字而已。在校對的過程中，校者須徹曉編輯體例；才能讓一本書前後統一，以利讀者閱讀。故除了留心訛誤、脫漏與互乙，還需要不時調整段落位置、審查字體字級，留意標點等。此外，萬卷樓出版不少大陸作者的作品，其中用到的詞彙與臺灣頗有差異，也要視情形潤稿或加上編注。

以上內容有些瑣碎，讀者應很難想像。接著就來談談筆者校對、編輯時的一些親身經驗。筆者經手的第一疊稿件為《中國學術流變》。此書在大陸已經出版，而萬卷樓欲重整推出繁體本，打入臺灣市場。該書特別之處在援引大量古籍文獻，作為學術流變史的研究材料。故校者需大量的古典文獻素養。幸而這正是筆者長處，故不僅作業迅速，也能在校對、閱讀過程中獲得不少意外之趣。

此外，這項工作也讓筆者了解一本書從編輯到成品中須著力的地方。所謂「外行看熱鬧，內行看門道」，日後在買書與讀書過程中，也能因這樣的經驗看出編者巧思罷！

另一本讓筆者印象深刻的編輯工作為某系刊物。據說是學生們參加編輯工作坊的成果，交由萬卷樓出版。由於該

書的文章來源駁雜，成書體例亦未統一；晏瑞老師在交付這
項任務時給了我不少編輯權力。據此，筆者能對過於口語、
不通順的文句稍加潤飾，甚至改動標題。為的就是將一疊
疊散亂的稿件「作成一本書的樣子」。雖改稿潤稿並不輕
鬆，卻也能從中獲得不少樂趣與成就感。

　　除編輯工作，實習這段日子也接觸不少特殊任務。最
值得稱道的應該就是整理倉庫一事。乍聽之下，這工作十
分無趣，然而其中暗藏玄機。對於出版商而言，倉儲一事
關係重大，一年出兩百餘種不同作品的萬卷樓更是如此。
每種作品的印行量少則五百，多至上千，難以一次售罄。
節省倉儲空間、合理運用倉儲資源也就成為出版商重要的
課題。筆者與俊傑兄在晏瑞老師的帶領下，思考如何兼顧
成本、人事與後續管理，改善庫中書籍排列方式，一再考
驗體力與腦力。

　　透過這項工作，筆者見識到非常現實而不同於做學問
的思考方式。攻書治學，除了對錯之外可一概不論；學人、
學生的思想也就相對單純。至於出版商，除了書籍內容正確
性，更須瞻前顧後，注意其商業價值。語曰：「在商言商」，
商人思維百變而不離成本、獲益二者。從經商業值來思考
書籍周圍的問題，是筆者在固有環境中難以接觸的觀點，
也令我對現在的文學、文化與學界開展不一樣的視角。

以上工作苦樂相摻，再舉諸趣事以現實習滋味。

先是，萬卷樓與國家圖書館合作，將海內漢學相關領域的作品送往各國圖書館。實習生須幫忙加工，在書籍內頁貼上標示貼紙並裝入箱中。工作過程中不時會看到老師們的名字，頗令筆者莞爾。

再者，筆者曾幫編輯部訂購飲料。向諸員工點單時竟忘了記下筆記，點餐時也就不免膽戰心驚。幸而沒出差錯。

在這實習的時間裡，筆者確實學到不少。買書、讀書本是十分容易而平常的事情。經過這次實習，確實對於架上諸書產生更深厚的思考；除了文字內容，更在意書籍的編排美感、封面設計，甚至反思其市場狀況、商業價值。非常感謝晏瑞老師和幾位實習夥伴。

然而總體而言，實習所占去的時間還是不短。且每日下班都筋疲力竭，很難再提起精神處理其他事。若能合理分配自己的時間，相信一定更能沉浸於實習的氛圍中。

作者介紹

黃崴庭，不誠齋主人。受業於中央大學中國文學系。好古典
文學，曾任中央大學鳴皋古典詩社社長。編有《鳴皋詩草》
兩本。

一場說長不長，
說短不短的實習盛會

鄭詠心
真理大學台灣文學系學生

一　最初的事實

先來說說我在實習前對於出版社的想像，當然這是說上老師的課之前的想法。老師在課堂上說過很多出版業工作以及編輯內容，因此便大概知道在做什麼。首先，我認為我們會是在有著很多正職人員的環境中，可能沒人會理實習生，覺得我們很礙事。而我們的工作可能會一直盯著電腦並做著編輯工作事項，讓我們對紅或是校稿，或是用影印機之類的，感覺大家都很愛看書，不曉得自己會不會很異類？

我一直認為編輯必須要看許多的書籍與文本，所以我原先認為自己會相當沒有興趣，且先前詢問學長姊在實習都做了些什麼事情時，他們都會說打雜之類的，讓我開始

覺得在出版社實習的這份工作中或許會感到枯燥乏味，以及因為通勤而產生無止盡的疲憊，所以一直對於實習感受到抗拒，而我一直都夢想當上設計師或是插畫家，本來想申請去美術館，卻因為系上規定而選擇系上能選擇的實習。

二　初來乍到

開始實習的第一天，我們大家都還在熟悉萬卷樓圖書公司的環境，這一家公司位於大安區的古亭捷運站，我則住在學校附近，位於淡水區，所以每天都要通勤一個半小時，其實算是有些距離。而萬卷樓主要是負責進口大陸書籍、出版各類文史哲方面的書，除了跟大陸出版社合作，委託大陸學者編輯套書外，為了要提供國內各級學校教師有用的教學用書，萬卷樓也出版一系列教學輔助的參考書。至於有關作文、修辭等方面的用書，也出版數十種。

雖然公司內部成員不多，但萬卷樓致力整合圖書出版資源，每個人都有專門負責的項目，訓練員工成為全方位的出版銷售人才的過程中，員工有機會接觸到圖書出版業中各種不同的職務、學習各種不同的工作知能，並培養正確的工作態度以及職涯規劃。

而因大家皆為首次見面，對身邊所有東西都非常陌生，所以一開始的實習的主要內容，就是學習並熟悉身邊的人

事物，晏瑞老師讓我們利用詢問同事要喝什麼飲料認識大家，雖然一開始因為不熟悉而記不住，但我相信過一兩天就能記住每一個人和他們對應的職務。晏瑞老師一步一步地帶我們認識，也清楚地講解出版的歷史，以及簡單介紹印刷術的進步以及其內容。

三　履歷怎麼寫

晏瑞老師告知我們之後要進行模擬面試，並讓我們學著撰寫履歷表。履歷表就像別人對你還不熟悉時「你的名片」，履歷表內容可以自己新增，但每次都不知道該寫些什麼，雖知道要依照自己申請的公司性質來撰寫並凸顯自己特質，可真正書寫不免一直塗塗改改。

所以大家粗略寫完，晏瑞老師就說明我們要如何撰寫。履歷表是用來推銷自己，寫的同時可以讓自己回顧過去經歷，並讓我們展望未來的發展！所以履歷表是可以不斷補充的，接著就請我們修改自己的履歷表，所以我確實在以前的資料查找之前做過了什麼事，或是參加過什麼活動，以及得過多少獎，突然覺得自己其實還蠻多東西能夠寫上的，只是因為很多沒有特別記錄起來，回去翻找的時候，也瞬間覺得回憶湧上心頭。

四　編輯工作有什麼

　　我們嘗試了校稿以及對紅的工作，也有對字的部分，因為之前圖書編輯課程時，有學習到且實際操作過，所以並不是太陌生，但還是很怕會出錯，所以有和其他同學相互詢問修改上我的作法是否正確無誤，或是一些三校稿件上前兩位校稿人的對話，是否最後要改回原本那樣，或者是不用動它，其實蠻有趣的。

　　除此之外，還有幫忙做對字的稿件檔案，要把 PDF 轉成 Word，但因為當初 Word 是直接複製貼上，所以要校對上面的字正不正確，但有時候甚至會有整個表格沒有複製到的問題，而那個檔案是國文天地的期刊。其實這些就跟閱讀速度一樣，常常校對就可以比較快。每次看到正職編輯校對，都覺得好有效率，果然各行各業都有特長。

五　新媒體的運用

　　而「新媒體的運用」這件事，就是我們用秀米這個軟體把需要推廣的書籍資料弄到程式上面去，做一些排版以及美編等簡單的編輯後，放到網路上去做宣傳，當然這件事不只是單純的複製貼上，而是自己去摸索裡面各種功能，像是素材應用、現成的版面樣式、自由設計、漸層色調整、

超連結的應用、動圖的吸睛功能，不能只是把它做出來，而是要做到好。當我每次完成一份，回去看上一個做好的，就會覺得好像少了什麼，接著就不斷重新搭配素材，結果重複了很多遍之後，我開始不滿意系統現有的素材，自己利用那些素材，去製作我所需要的模板，接著利用自己製作的模板來去做搭配，或是尋找一些特殊版面或動圖，等於自己利用程式去設計出我所想要的樣子，我真的很喜歡設計。

接著等大家做完自己負責的部分後，再一起使用公眾號，為了之後的發布流程，我們要把檔案弄到公眾號的草稿箱。一則訊息可以涵蓋八篇內容，所以我們先輪流使用公眾號上傳，才不會造成草稿塞車，但因為是免費軟體，使用上多少都會有限制。身處追求數位化的時代，各行各業都漸漸現代化，所以如果要增加曝光率的話，網路是目前最優先的選擇。

六　業務小能手

老師也有跟各位實習生提到，之後大家會輪流下去六樓電商業務部幫忙，因為現在實體書局的銷量相對減少，所以要建立網路行銷平臺與服務來增加書的曝光，因此，我們要將書籍上載到網路上，並且幫它們建立檔案，聽起來很新穎且現代化吧。

　　並非每次下去六樓都是進行同樣的工作，一次，我們將門市書架上的書依照櫃號掃進去萬卷樓的網站裡，讓他們方便查找書籍，要這樣做是因為不是每個人看完書都會把書擺回去原本的位置，這樣會造成下一個人需要同一本書的時候找不到，去電腦裡刷卻發現裡面標記的櫃號也沒有那本書，但是這樣並沒有從根本解決問題，所以我看到書櫃上都有貼「書僅能同櫃上下移動」，就是不能放到其它櫃子，但如果放不下的話，可以放在同一櫃的其它排。

　　後來還有一次是先請我們刪除一百多個櫃號，接著將我們刪除的書架重新刷書號上去，但因為那些書都是裝箱並且一箱又一箱地疊起來，所以作業上很不順，就變成我負責將疊起來的書一箱箱搬下來，再把書箱外的號碼撕下來並重新編號，雨新把書都掃好後，我再把它搬到其他位置並疊好放置，等一整排都弄完這些作業，我再將它們全部搬回去，變成一疊的樣子，前前後後我們弄了十幾箱。

　　接著，我們一個人被分配一個國家的交貨清單，我負責的是美國西雅圖的部分，接著就是刷書確認書名、作者、出版日以及出版社是否有誤，有錯誤的話就要將它修正，都沒問題之後依照國家需要英式還是美式的「臺灣漢學資源中心」的貼紙貼上後，並將書本的編號插在書裡，這些事情就是為了幫忙將要出貨的書做確認，並且幫忙貼上貼紙以及插入號碼這些作業是為了方便之後裝箱，比較不容易出錯，

且比較好確認書籍。

因為都弄完了，所以我們有先將書依照序號排好，才進行依序裝箱的動作，書也不能裝太滿，不然到時候確認的人員檢查完裝不回去；但也不能裝太鬆，不然運送的時候容易把書撞在一起，雖然有放泡泡紙，但還是儘量剛剛好就好，這個數量也是多裝幾箱後才比較會估量；紙箱要四角都黏，不然容易碰撞，因船運的關係，所以箱子裡也放上防水袋。

這個工作後來有其他人誤解工作方式，導致進度出現問題，因為沒有出錯，就開始被業務部的員工指定叫下去幫忙，這次是負責巴伐利亞的訂單，先是幫忙把錯誤的部分修正，一樣地，我把檔案都刷上去之後，將號碼擺好，接著把箱子黏好放上防水袋，就開始依照刷的箱號擺書。

就是因為一直重複，也算是熟悉了它的操作，刷完那些書之後，我還拆了經、史、子、方志，四套不同的又大本又厚的書，因為都很多，還裝滿了整整兩臺書車，每套都三十幾冊，真的不少，但因為只是排序並檢查有幾套，所以這個工作相對地不會很複雜。

因為拆箱之故，產生了許多紙箱，我把它們全部都拆掉壓扁之後，帶著那些紙箱並用一臺可以自動打包的機器來將紙箱打十字，這樣回收就會很好拿。實際操作這臺機器時，雖然它的聲音十分巨大，但真的讓我大開眼界。我還有

跟業務部的人員去四大超商寄貨，剛好萬卷樓附近有這些超商，其實真的很方便。

七　門市小幫手

主要是要幫忙處理門市庫存的清點，總之就是將門市放庫存的櫃子裡的書，都拿出來依照序號排好他們的順序後，進行清點的動作，因為櫃子上都有寫他裡面的類別跟對應的書號，所以也不會很困難，只是有時候因為書上沒有序號，或者是書比較舊了，當時的序號跟現在的不一樣，就要利用 ISBN 或是書名去對照並尋找，而且不只是整理櫃子裡的庫存書，也有整理回收室裡面書架上的書。

其實這件工作讓我知道，每一次整理的時候好好地放在正確的位置，以及整齊地排序，都能讓每一次的效率更高，而不會一直想說「這本怎麼在這裡？」如果它的序號並沒有在書櫃門上提供的序號開頭的話，那你又要去別的地方尋找它本來應該要待的位置，這都會增加日後的工作量與工作時間。

八　呱呱墜地的系刊

　　這次實習的主要重點——《藝采台文》，是我們的系刊，晏瑞老師用我的電腦登錄了帳號，讓我上去抓大家當初在圖書編輯課程上傳的檔案。我可以理解晏瑞老師為什麼要讓我們交 PDF 檔案以及 Word 檔案。因為一個是方便查看內容，一個是方便之後編輯需要把檔案抓下來，但是數量並不多，因為有些外系學生選了之後，都沒有來上課，所以還算好整理，因為檔案都有了，就先簡單地排目錄。

　　目錄的名稱我們之後要自己想，還有稿件的篇名也要，不然大家的稿件心得清一色叫做「實習心得」、「專題心得」，一點都不新穎，而且看起來枯燥乏味，不會想看下去。還記得我當時主題是繪本創作的時候，還配合邀到的稿件中的標題——「繪本世界裡‧媽媽的模樣」，去想到一個特別的標題——「繪本世界裡‧不同於兒童繪本的幾米」，突然覺得自己算是很認真幫它想標題，雖然說目錄上的其他標題並沒有每個都很有創意，「成長路上的分岔口」、「繪聲繪影」、「我的腦內宇宙」等，但是至少我們都有試著去想很酷的標題，而不是像當初索然無味的標題：「繪本賞析」、「散文創作」、「考研心得」等。

　　把目錄打完、資料全部統整之後，將標題與格式全部刷

了一遍，接著印出來開始校稿，再依照校完的紙本稿件來修改檔案內容，還有編輯頁首頁尾還沒有修改的文字，以及在修改的時候，那些跑掉的頁數也要修改，所以我又繼續尋找原因，然後就發現是因為頁首頁尾綁一起，所以我又去調頁數，調成連續的，終於弄出一個沒有錯誤的樣子，弄這個排版，我感覺我比之前更會使用 Word。因為從把資料 Key 上去到排版都是親手操作的，再將本來空白的部分補詩上去（補白），為此我還另外把所有的詩都放在另一個檔案以便我查看他們的多寡，這樣比較好找到長度適合的詩。

因為目錄上本來還沒有詩的部分，所以我將它們都統整好了之後再全部 Key 上去，但因為它們還沒有一個溫暖的家，只能和臺語詩一起被暫時放在後面，可能前面的補白跟排版沒問題了，才會有下一步的排版，不過我都有按照原本的格式刷，但是一級標題上的空格卻刷不出來，我有想過行距或是間隔的問題，也有想過是不是節或是頁的問題，但因為我都沒有利用 Enter 來作修改，反倒是利用 Breaks 的功能，所以照理來說他不應該跑掉。我四處詢問想找到問題點，總之因為詢問無果，我甚至上網去查，每一次的不懂都讓我去不斷研究並尋找其中的答案，其實這也讓我學習到很多 Word 的使用技巧。

接下來幾天持續整理與修改，因為整篇系刊都是我來修改，我發現了很多很有趣的地方，像是因為字型問題，所

以跑掉的破折號會分開，但是卻可以利用 HOME 字型底下的另一個小三角形，裡面有 ADVANCED，按下去後將 NORMAL 改成 CONDENSED，就能夠將破折號中間的縫隙連接起來，我研究了縮排，卻怎麼調都調不出來，原來不是用它來修改，又學了一個新功能。

也有真的太糟糕的回答，整個被圈起來寫「過分口語」的問題，或很沒意義的「還沒輪到我」、「我不知道啊。」等，他們都是因為匿名而很敢回答，但這些文字沒有實質意義，除了占版面沒有其他功能，所以我們都選擇把它們刪除。晏瑞老師還有跟我們說，其實一校是不用貼標的，不然基本上每一頁都會貼，這是真的。而且其實沒貼的話，我依然會每一頁都再看清楚一遍，怕有什麼錯誤遺漏掉了。

還有我知道怎麼去運用縮排，能夠讓版面變得格外整齊與美觀，而在一天天的編輯中，一直被晏瑞老師誇讚我排版排的很好看，其實真的很開心，因為平常用 Word 根本不會使用那麼多功能，而在這一天天的運用中，我知道什麼時候需要用到什麼功能，我也知道要怎麼去利用那些內建功能，第一次為一本書排版，當然不可能一次就妥善完成，確實還有很多不足的地方，但我真的比之前還會運用 Word 了，這是很實用而且很有成就感的。

另外還有系刊封面設計的部分，晏瑞老師說他有把大

家的封面看了一輪，意外地得到了自己的封面最好看的稱讚，雖然我對於電繪還沒有很熟悉，但是能得到這種讚美真的很開心。草稿花了很多時間，而且修改了好幾次，所以晏瑞老師說他很喜歡的時候，我真的打從心底覺得很快樂。

當然，如果用水彩畫我能把它完成得更細緻，但是我認為掃描都會跑色，印出來當書的封面又會再跑一次色，這對我來說很傷，所以我還是選擇可愛版的電繪，希望之後我能畫出更好的成品，也希望更多人能喜歡我的作品。在這些設計與繪畫中，我能感受到滿溢的快樂。

九　學習中的我們

而晏瑞老師時不時就會利用空檔為我們上一些編輯或是出版相關的課程，我對這些課程內容其實多少都有一點印象，因為我有在學期間修習晏瑞老師的圖書編輯與出版企畫的課程，老師在課堂上和我們介紹了一本書的旅程、出版業的內容、編輯工作該注意的事項，像是校對工作有哪裡要注意，有什麼地方是要修改的，標點符號、錯字、脫漏字、衍生字、古文字、全形半形等，各種校對編輯要注意的地方，抑或臺灣的紀年要用民國還是西元也都須注意。

上課也有講到向上管理，很多職場上的小規則，怎麼樣的人比較受主管歡迎，或是怎麼樣的行為在職場上比較

不會惹人討厭。接著晏瑞老師有講到賣書的部分，有提到之前說的印刷上的問題，或是詢問我們在新媒體上有什麼新發現或是新功能。還有學習 ISBN，我發現一般的申請跟我們之前上課的所練習的不一樣，因為我們學校的系刊是萬卷樓代為申請，算是委託的部分，所以紙本的就是我們上課所練習的，因為當時有好好的練習書寫，所以並沒有覺得很困難，也有發現自己當初的申請表沒有什麼錯誤。

十　最後的心境變化

在這一個月的過程中，體驗到了許多編輯與業務的事項，讓我了解出版行業跟我想像中的確實落差很大，我在這份工作中，其實可以感受到快樂。我常常覺得時間過得很快，也能夠快速地學習這些事情為什麼要做這些處理，但是比起編輯與校對工作，我認為自己做新媒體的運用以及設計版面編排上會相對地更加投入，或者是處理樓下的業務工作也比較快樂一點，同時也發現自己對於試算表尚不熟悉。

總歸來說，這一個月的實習撤除通勤上的問題，其實是快樂的，在萬卷樓實習的這些日子裡，我對於編輯工作又更加地熟悉了，雖然沒有機會親眼看看大公司的數位影印技術，但是也學習了其他平常接觸不到的工作，雖然真正到了

職場，不可能大家對你都那麼親切，更不可能所有人都願意聽你講話，但這裡讓我瞭解了更多餐飲業以外的工作內容，坐在辦公室工作確實比餐飲業的環境還要舒服，可如果沒有能力或者沒有耐性也是沒有辦法待下去，雖然工作繁瑣，至少我對於編輯的工作內容又更加瞭解。

　　一個月轉瞬即逝，我對出版社的誤解也是，雖然不是所有人都能夠一下子就知道自己是否會想在這個行業專精，但是實習真的能夠讓人更了解此行業，謝謝萬卷樓這一個月所教導的內容，我將會銘記於心，晏瑞老師上課提到的職場小規則也能夠讓我們避免以後成為別人眼中糟糕的同事，萬卷樓真的提供了很棒的實習環境。

作者介紹

鄭詠心，真理大學台灣文學系學生，對各方面都好奇，喜歡多方涉獵，喜歡畫畫。現代詩創作著有〈馬偕〉、〈偕徑〉、〈淡水〉。

國家圖書館出版品預行編目（CIP）資料

古亭六號出口，右轉：2022、2023萬卷樓暑期實習
「稿」什麼／
林婉菁，許庭鉫，陳品方，蕭郁婷，田芷瑄，李嘉欣，
林育暄，林姿君，許倩蓉，陳宣伊，陳思霈，曾靖舜，
劉康義，蔡侑珊，謝安瑜，王俊傑，李玟儀，林雨新，
邱亦慈，洪萱宣，孫豫安，莊子怡，陳姿穎，黃崴庭，
鄭詠心編著.
-- 初版.-- 臺北市：萬卷樓圖書股份有限公
司, 2023.12
　面；　公分.--（文化生活叢書.出版可樂
吧；1309B01）
ISBN 978-986-478-942-9(平裝)
863.55　　　　　　　　　　112014353

文化生活叢書・出版可樂吧 1309B01

古亭六號出口，右轉
──2022／2023萬卷樓暑期實習「稿」什麼

總 策 劃	梁錦興	張晏瑞		發 行 人	林慶彰
主　　編	林婉菁	許庭鉫		總 經 理	梁錦興
編　　輯	陳品方	蕭郁婷		總 編 輯	張晏瑞
上編編著	田芷瑄	李嘉欣	林育暄	編 輯 所	萬卷樓圖書（股）公司
	林姿君	許倩蓉	陳宣伊	發 行 所	萬卷樓圖書（股）公司
	陳思霈	曾靖舜	劉康義		106 臺北市大安區羅斯福路二段41
	蔡侑珊	謝安瑜			號6樓之3
下編編著	王俊傑	李玟儀	林雨新	電　　話	(02)23216565
	邱亦慈	洪萱宣	孫豫安	傳　　真	(02)23218698
	莊子怡	陳姿穎	黃崴庭	電　　郵	service@wanjuan.com.tw
	鄭詠心				

ISBN　978-986-478-942-9
2023年12月初版
定價：新臺幣 400 元

本書為萬卷樓圖書公司 2022、2023
年度「圖書出版經營理論與實務暑
期實習」及臺灣師範大學國文學系
2023年度「出版實務產業實習」課
程成果。部分編輯工作由課程學生
參與實習。